徳間文庫

ミステリ博物館

赤川次郎

徳間書店

目次

『密　室』

1

「殺人を見に来ないか？」

その言葉は一枚の枯葉のように私の耳をかすめた。

聞き違いだったとも思えない。〈殺人〉とはっきり聞き取れた場合、他のどんな字句が考えられるだろうか。〈殺陣〉？　時代劇でやる立ち回りという奴だが、あれは普通「たて」と言うものだ。

大安と日曜の重なった日のホテルは、想像もしなかったような混雑だった。ロビーは、披露宴を終えた客たちで溢れている。

私は幸い早目に来て座っていたので、一時間近くも、立ちんぼで友人を待つという不運に見舞われずに済んでいた。しかし、引出物の包みをドサッと横へ積み上げられて、次第にソファの端へ端へと追いやられてしまい、終いには、私一人が異端の徒として、後ろめたさすら感じなくてはならぬはめに陥っていたのである。

もっとも、その言葉が耳に入ったのは、私がソファの端に座っていて、しゃべった当人が、すぐわきを通り抜けて行ったおかげであった。

喧騒と、たちこめる酒の匂いとで、多少ぼんやりとしていた私はその一言で、急に目を覚まされたような気になった。しかし、言葉そのものは聞き間違えてはいない。その点は自信があった。

それにしても、いかにもその場に不似合な言葉ではある。どこかの暗がりの片隅ででも言われるのならともかく、このにぎわいの中だ。しかも言った当人も、たった今、披露宴の席を出て来たばかりとしか思えない、黒のダブルの背広、シルバータイというスタイル。

どう見ても人殺しに縁のあるとは見えない三十そこそこの青年である。

それを聞いた方は、その友人であろう、ほぼ同じ年代の、いささかくずれた感じの若者だった。言った方が、至極楽しげに、赤ら顔なのに、聞いている方は、不愉快さを隠そうともせず、仏頂面をしている。

二人は私から見えるソファがちょうど半分開いたので、そこへ腰をかけた。そこでの声は私の耳には届かなかったが、様子から見て、さっきの言葉を発した青年が、もう一人をしきりに何かへ誘おうとしており、相手がそれをうるさげに無視しつづけているというのは明白だった。

「殺人を見に来ないか？」

こんなセリフが、一体どんなときに言われるものなのか、私にはとんと合点が行かなかった。その故に、また好奇心を駆り立てられたのも事実である。

そこへ、

「お待たせして――」

と女の声が私のわきを通って行った。

背の高い、ツイード姿の男にエスコートされたその女は、バランスのとれた体つきの美人だった。大きな帽子、白っぽいスーツ、白い手袋というスタイルから見て、まず花嫁に間違いあるまい。

むろん、その表情は活き活きとして、「幸福に輝くばかり」という表現がぴったりだった。

一緒にいる、夫と覚しき男性は、ちょっと年が行っているようで、控えめに見ても

三十五、六と思われた。花嫁より十歳は上であろう。

女が先にソファに座っていた二人に何か話しかけると、例の言葉を発した男の方が、何やら女に説明した。女の方は、もう一人の、ふさぎ込んでいる男の方へ、

「いらっしゃいよ、楽しめるわ」

と声をかけた。――高い声なので、私の耳にも届いたのだ。

男の方は、なおも断りつづけている様子だったが、それでいて態度の方は明らかに軟化しているのが見て取れた。花嫁に惚れてでもいるのだろうか。

女が、あと二言三言声をかけると、男は諦めたように肯いた。

「よかったわ!」

女がそう言って、魅力満点の笑顔になった。

「後で必ずね」

そう言い残して、花嫁は夫と腕を組んで、行ってしまった。後にはまた二人の男が残ったが、すぐにどっちからともなくソファを立って、ロビーの奥の方へと消えた。たぶんバーへでも行ったのだろう、と私は推測した。

二人が消えた方をいっとき見ていると、

「とびきりの美人でもいたのか?」

と声がして、振り向くと待っていた友人の顔があった。

「久しぶりだな」

と私は中尾旬一の手を握って言った。「相変らずひどい遅刻だぜ」

「時計がないんだ」

そう言って中尾旬一はニヤッと笑った。

中尾は私より五歳ほど上――つまり四十代の初めというわけだったが、見ようによっては三十代とも、逆に五十近くとも見られる、不思議な男だった。

いささか肥満気味の体を持て余すように歩くのがくせで、何かというとすぐに、

「疲れた」

を連発する。しかし、その実、ちっとも疲れてはいないのであって、むしろ私などより体力はある方なのだ。

少し髪が薄くなったせいで、額がよけいに広く見える。知的で、それでいて無邪気という印象を受ける、小さな眼。全体としては童顔で、そのせいで若くも見られるのだろう。

「ずいぶん待ったのかい」

と中尾は訊いた。

「まあ、ほんの一時間」

と私は言ってやった。

「しかし、そう退屈（たいくつ）している様子にも見えなかったぜ」

中尾が、私の隣（となり）にあった引出物をぐいと押しのけて、強引に座り込んだ。

「ちょっと面白いことがあってね」

「ほう」

私が、例の言葉から始まって、今見たばかりの四人の男女の様子をできるだけ細かく話してやると、中尾は、

「そりゃ、何とでも考えられるじゃないか」

と言った。「その新郎（しんろう）が画家で、〈殺人〉はその新作の題名かもしれない。それとも、〈殺人〉という劇をどこかで上演しているのかもしれないぜ」

「本気でそう思ってるの？」

「どうかね。調べようがない以上、どう考えたって同じことさ」

そのとき、ふと気が付くと、さっきの花嫁が一人で戻（もど）って来る。

だが、どうも様子がおかしいのだ。ひどくせかせかした足取りで、不安な表情をしている。さっきの、幸せそのもの、といった輝（かがや）きはどこにも見えない。

「あれが花嫁だよ」

と私は中尾へそっと言った。「だが何だかおかしいぞ」

花嫁はソファの所まで来ると、さっきの二人がもう座っていないのを見て、がっかりしたような表情を浮かべた。私は、二人がたぶんバーへ行ったことを教えるべきか、一瞬思い悩んだ。

だが、そうする前に、彼女の方が、真直ぐに私の方へ進んで来た。面食っていると、彼女は、

「中尾先生じゃありませんか」

といくぶん声を弾ませて訊いた。

「これはどうも。久しぶりだね」

中尾の方は大してびっくりもしていない様子。こっちはますます面食ってしまった。

「やっぱり。――私を憶えておいでですか？」

「もちろんだよ、若杉貞子さん」

「今日から上岡貞子ですの」

「そいつはおめでとう。――ああ、これは僕の友人でね、谷川君だ」

「初めまして」

と彼女が会釈する。私もあわてて、もごもごと口の中で呟いた。

「お会いできて良かったわ。実は、中尾先生にお願いしたいことがありますの」

「何か困ったことでも？」

「ええ」

と上岡貞子は肯いて言った。「人殺しがありそうなのです」

大安吉日の夜としては、一向に安らかではなかった。

「不安不吉って感じだね」

私は車の窓から外を見ながら言った。

「殺人にはもって来いの夜だよ」

中尾はむしろ楽しげですらあった。

「心配にならないのか？」

「どうして？　結婚祝いのパーティに招待されてるんだ。憂鬱な顔で行っちゃ申し訳ないぜ」

「君はあの女性とどういう知り合いなの？」

「僕の教え子だよ」

「君が教師をしていたとは初耳だね」

「君だってきっとやってるさ。家庭教師って奴だ」

と中尾は愉快そうに言った。

「何だ、そうか。じゃ大分前の話だね」

「彼女はまだ高校一年生ぐらいだったかな。そのころから美人ではあったよ」

「——今から行くのは、彼女の家なんだね?」

「そう。まあ、大分長いこと訪ねたこともないから、よくは分らないが、たぶんこっちの方角だったと思うよ。何しろ途中の風景が別の世界のように変ってるからな」

外は荒れ模様だった。——まだ夕刻だというのに、まるで真夜中のような暗さ。いや、目には色々と見えているのだが、それでいて底知れない暗さといおうか、どことなく嵐の前という感じの暗さである。

風が唸りを立てて窓の外を巻いていた。空を見上げると、黒雲が滑るように走って行く……。

「今夜は荒れ模様だぜ」

と私が言うと、中尾も肯いて、

「色々と荒れ模様だな」

と言った。

上岡貞子が、なぜ殺人の心配をしているのかは、一向に分らぬままであった。彼女が何か説明をしかけたとき、彼女の夫がやって来るのが見えたのだった。

彼女は夫、上岡征二郎を我々に紹介し、私たちを、今夜のパーティに招いたと告げた。私はちょっとびっくりしたが、中尾の方は一向にそんな様子も見せず、平然と上岡征二郎に挨拶をしていた。

上岡は、近くで見ると、そう年齢が行ってはいないようだった。三十二、三というところか。ただ、上等な服を着てはいるが、どことなくアンバランスで、一種、成り上り的な印象を拭い切れない。

貞子は、後で車をホテルの前へ回すから、それに乗って来てくれと言って、夫と共に忙しそうに姿を消した。

そして今、私たちは、その車に乗って、上岡貞子の結婚披露パーティへと向っているのだ。

「――ああ、思い出した」

と中尾が言った。「確か、あの林の奥だったと思うよ」

都心からたっぷり一時間も走って、車はまだ未開発の雑木林が方々に残る中を抜けていた。中尾の言った通り、車は急に細い道へと折れて、林の奥へ奥へと進んで行く。

やがて、その中に、古びた洋館が見えて来た。ほの暗い空に、黒々とした姿を浮かべたその建物は、窓に明りがなかったら、廃屋と見えたかもしれない。

車が玄関の車寄せに停って、運転手がドアを開けてくれる。外へ降り立ったとき、突然、あたりを白銀色に染めて、雷鳴が轟いた。

「やれやれ」

中尾はニヤリと笑って言った。「舞台装置は整ったってところだな」

玄関のノッカーを軽く鳴らすと、すぐにドアが開いた。

「どなたかしら？」

出て来たのは、二十二、三歳の、愛らしい顔立ちの娘だった。骨相学に詳しくない私でも、上岡貞子との相似点は容易に見分けられた。

「君は淑子さんだね」

と中尾が言った。

「え？——あ、中尾先生ね！」

「そうだ。大きくなったね——というのは失礼かな」

「昔の自分を知っている人に会うって、照れくさいものでしょ。——さあどうぞ」

「これは僕の友人の谷川君だ。お姉さんに呼ばれて来たんだが……」

「あら、そうでしたの。聞いてなかったんです。姉も忙しくって。——どうぞ。外はひどい天気ね」

若杉淑子は、白い華やかな感じのワンピースを着ていた。実に溌溂として、若々しい。私個人の好みで言えば、姉よりもこの妹の方に魅力を感じる。

広々としたホールを抜けて、客間へ通される。——邸の中は外の荒れ模様が嘘のように静まり返っていた。

客間へ入ると、さっきホテルのロビーにいた二人の青年が、グラスを手に、ソファで休んでいた。

「まあ、また飲んでるの」

と淑子が眉をひそめる。「若くして酒に身を持ち崩す、ってのははやらないわよ」

「やけ酒ってのは、はやりすたりとは関係ないよ」

さっき「殺人を見に来い」と誘われて渋っていた方の青年である。

「先生、こちらは、姉に振られてしょげてる詩人の柳慎一さん。もう一人が南田さん。姉のピアノの先生」

「中尾と申します。よろしく」

互いの簡単な挨拶が済むと、中尾と私も勧められるままに、グラスを出して好みの酒を注いだ。――何しろ飾り棚一杯に、高級な洋酒が並んでいるのだ。誠に目の毒というべきだろう。

「――さっきのお言葉はどういう意味です？」

と急に中尾が言い出した。言われた南田が、

「何のことです？」

と戸惑い顔で訊き返した。

「この方を誘っておられたじゃありませんか。『殺人を見に来い』と」

「どうしてそれを――」

「さっきホテルのロビーに居合わせましてね」

「そうでしたか。いや、全く馬鹿げた話なんですよ」

と南田が苦笑しながら言った。

「よくある伝説というやつです」

と、柳が、いささかもつれた舌で言い出した。「だからいやなんだ、こういう旧家ってやつは」

「どういう伝説です？」

「ここの庭に――庭といったって、ちょっと名のある公園ぐらいはあるんですがね、この奥に、四阿があるんですよ。四阿といってもただの休憩所というのでなく、ちゃんと部屋になっていましてね。ちょっとした離れ、ってところですかね。そこで新婚の夫婦が初夜を過すと、翌朝にはそのどちらかが死んでいるという伝説があるんですよ」

「妙な話ですな」

と中尾は言った。「で、今夜、あの二人がそれをやろうというわけですか？」

「そうなんです。全く馬鹿げている」

南田は苛立っている様子だった。――一旦客間から出ていた淑子が戻って来て、

「どうぞパーティの方へいらして下さい」

と告げた。

2

当然のことではあるが、パーティの客は我々四人だけではなかった。途中からやって来て、また途中で帰った客も含めれば、総数は百人を越えただろう。

ドアでつながった居間と広間を両方使い、料理、飲物は上等で、かつあり余るほど。

私の如き独身者には全くありがたいチャンスで、一か月分くらいの栄養を取ったような気すらした。

「大したものですね」

と、私は、淑子に声をかけた。

「馬鹿げてると思うけど、私は」

と彼女はいたってクールだ。

「あんまりお姉さんの結婚を喜んでいないようですね」

「相手次第ですわ」

「上岡さんというのはどういう人なんです?」

「要するに女たらし。それだけです」

「手厳しいな。仕事はあるんでしょ?」

「一応インテリア・デザイナーってことになってるけど、壁紙とカーペットの色の組合せ一つ分るわけじゃなし、ひどいものだわ」

「すると、あなたから見ると財産目当ての結婚というわけですね?」

「誰が見たってそうです」

と淑子は言った。「姉以外は、ね」

　そして私の顔を眺(なが)めると、

「少し身許(みもと)調査をさせていただいてかまいません？」

「どうぞ」

「お仕事は？」

「僕は医者です。まあ大してはやってもいない代りに時間はありますからね、独身者(ひとり)だし、気楽にやっていますよ」

「まあ、お一人？　本当？」

「売約済の札もなしです」

　淑子は軽く笑った。

「中尾先生は何をしてらっしゃるんですか？」

「彼は変り者でね。これという職業はありません。親の遺産で食って行ける、結構なご身分でして」

「まあ。昔から変ってはいたような記憶(きおく)があるけれど……」

「時々、気が向くと探偵(たんてい)の真似(まね)ごとをやってるんです」

「探偵？」

「ええ、つまり彼がホームズ、私がワトスンという役回りでしてね」

「知らなかったわ」

と淑子は目を輝かせた。「あなたがワトスンなら医者っていうのも分りますね」

「よくそう言われますよ」

と私は苦笑いして言った。

そこへ、いささか酔いの回ったらしい中尾が、

「やあ、淑子さん、こいつには近寄らない方が賢明だぞ。医者は女の体に触りつけている」

「まあ怖い」

と笑って、淑子は他の客の間に紛れて行った。私は中尾をにらんだ。

「ひどいじゃないか、まるで僕のことを痴漢扱いして――」

中尾は急に素面に戻った。酔ったふりをしていただけなのである。

「廊下へ出よう」

「何か――」

「いいから」

中尾に押し出されるようにして、私は廊下へ出た。

「こっちだ」

人影のない廊下を進んで行く。奥まった、目立たないドアを中尾が開けた。

そこは図書室らしく、細長い部屋の壁は、びっしりと本で埋められている。中央に、ソファが置かれていて、私たちが入って行くと、そこから立ち上ったのは上岡貞子であった。

「先生。すみません、おいでいただいて」

「いや、構わんとも。それより話を手早く。パーティの席から花嫁が消えていては目をひく」

「分りました」

と貞子は肯いた。「先生もあの四阿のことはお聞きになったでしょう」

「あそこで初夜を過すと、どちらかが死ぬということかね？」

「ええ。私も祖母から聞かされたことがあります」

「本当にそんなことがあったのかね？」

「子供の頃の記憶では、曾祖父が、最初の花嫁をあそこで死なせているということでした。それ以来、あそこは閉め切りにしたままだったのです」

「そんな昔のことを、なぜ今になって――」

「そうじゃないんです」

「というと?」

「私の母も、それで死んだのです」

「お母さん? しかし、お母さんは僕も知っていたが……」

「母は二年前に再婚したのです」

と貞子は言った。「相手は二十歳以上も年下の男性で、母の財産目当てというのが誰の目にもはっきりしていました」

私は、さっき妹の淑子が貞子の夫を、全く同じように言ったのを、思い出していた。

「その男が――三浦といいましたけど――あの四阿の話を聞いて、ぜひそこで初夜を過そうと言い出したのです。母は気が進まなかったようですが、結局、三浦の言うなりになってしまいました」

「それで?」

「あの晩も、今夜みたいに、風の強い、荒れ模様の天気でした。母は十一時になると、三浦と手を取り合って、あの四阿へ行きました。――そして翌朝、母はベッドの上で殺されていたのです」

「それは知らなかった。亡くなったと聞いたので、てっきり病気だと……。ちょうど僕がフランスへ行っているときだろう」

「あのとき、先生がいて下さったら、ずいぶん心強かったと思いますわ」

と貞子は言った。

「その三浦という男の方はどうなったんだね？」

「彼は姿を消しました。それ以来、行方は知れません」

「すると――」

「ええ、何かの理由で母といさかいになり、母親を殺して逃げた、というのが、警察の考えでしたし、みんなもそう思っていました」

「君は？」

問われて、貞子は少し返事をためらった。

「――私も、そうとしか考えようはありません。ただ……三浦のように、女に取り入るしかない男は、そんなことをするものかしら、と疑問に思ったのも事実です」

中尾はゆっくり肯いた。

「君の考えはもっともだ。僕もそう思うよ」

「嬉しいわ、先生と同じだなんて」

と貞子は微笑んだ。

「すると、今夜、あの四阿で過そうというのは君の考えなんだね？」

「そうです」

「お母さんがなぜ殺されたのか、探ろうというのかい？　それはしかし、かなり危い事だよ」

「ええ、でも……彼がついていますもの」

「ご主人にもその話はしたのかね？」

「もちろんです。私の考えに賛成してくれました」

中尾はしばらく黙って考え込んでいる様子だったが、やがてゆっくりと首を振って、

「悪いことは言わない。危険な真似はしないことだ」

と言った。

「大丈夫です」

「本当に大丈夫だと思うなら、なぜ私を呼んだのかね？」

「それは――」

貞子は一瞬言葉に詰まった。しかし、すぐに、微笑を浮かべて、言った。

「私がもし殺されたら、先生に犯人を見付けていただきたいからです」

「ひどい風だよ」

私は庭へ出て思わず首をすくめた。

「分ってる。しかし、行ってみなきゃならんのだ」

「いやだとは言ってないよ」

雨は降っていなかったが、風は猛烈な勢いで闇の中に踊り狂っていた。私と中尾は、台所から借りて来た懐中電灯を点け、よろよろとした足取りで、庭へと足を踏み出した。

「場所は分るんだろうな？」

と私は大きな声で訊いた。

「あそこに灯が見えるだろう」

と中尾の指す方を見ると、確かに、林の奥に、木々に見え隠れする小さな灯が見えた。

しかし、その灯の所へ達するのが容易ではなかった。何しろ真っ暗で、木の根にはつまずくし、ごみが目に入るし、散々な目に遭って、やっとその四阿の前へ出たときにはホッとした。

ちょっとした小住宅ぐらいの大きさのある木造の建物で、思っていたよりは新しいように感じられた。

「中へ入れるのかな?」

と私が言うと、突然(とつぜん)、中尾は、

「シッ!」

と私を制した。そして、黄色い灯の洩(も)れる窓を指さした。――誰かの影が、窓に映って動いている。

私と中尾は顔を見合わせた。――ここで逃げて帰るほどの臆病者(おくびょうもの)ではない。そうなると、取るべき道はただ一つだった。

私たちは、門灯に照らされた、入口のドアに向って進み、一気にドアを開いた。

「――ああ、びっくりした」

振り向いたのは、貞子に振られたという、詩人の柳真一だった。

「こっちもびっくりしましたよ。何をしてるんです?」

中尾は部屋へ入ってドアを閉めた。

「パーティもつまらんのでね。大体、あんた、自分の惚(ほ)れてた相手が他の男と結婚するっていうんだ。それを祝福できるかってんだ、全く!」

柳はいささか酔っているようだった。

「それで、この初夜の寝所へやって来たってわけですか」

「自分で自ら傷口をかきむしる快感とでもいいますかね」

と詩人は自嘲するように、「僕はマゾっ気があるのかもしれない」

と言って、

「あんたたちは何しに来たんです？」

「調べに来たんですよ」

「何を？　ベッドのスプリングは初夜に向いているかどうか、とか？——あんた、結婚カウンセラーでもやってんですか？」

「私は探偵です」

と中尾は部屋の中を歩き回りながら言った。

——部屋はかなりの広さで、快適だった。家具は、ナイトテーブル、化粧台、大きなダブルベッド、それに一組のソファとテーブル、小さな衣裳戸棚、それが総てだった。

奥にもう一つドアがあり、そこは浴室になっていた。要するに、ホテルのダブルの部屋をまるまる一つ置いてあるようなものだ。

「探偵？　へえ、あんたが探偵？」

柳は呆気に取られた様子で、中尾が部屋の中を調べ回るのを眺めていた。

「すると何ですか？　ここにお袋さんが殺された事件を調べに来たんですか？」

「そうじゃありませんがね。――あなたはその事件のことをご存知ですか？」

「ええ。やっぱり婚礼のとき、今夜のようにパーティがありましたからね。ま、もっと内輪の、小人数のものでしたが、僕も呼ばれてたんです。その晩は屋敷へ泊りましてね、翌朝、死体が見付かったときは大騒ぎでしたよ」

「あなたも、その三浦って男が殺したと思いますか？」

「他に考えられないでしょう。もっとも、どうして逃げるときにわざわざドアの鍵をかけて行ったのか、妙だと刑事は首をひねってましたがね」

「ほう。――鍵がね」

と中尾は興味ありげに肯いた。「ところで、この四阿は、伝説に出て来るにしては、ひどく新しいようですが……」

「ああ、そりゃそうです。――前のはもうボロ家でしてね。取り壊しついでに、この新しいのを建てたんですよ。ホテルのいわば特別室って感じで。――特別の来客に使おうってわけです。ところが造って最初の利用が、ここのお袋さんってわけで……。だからこの部屋はまだ一度しか使われてないんですよ」

中尾は黙って二、三度肯いた。――何を考えているのか、彼も小説に登場する名探偵同様、考えたことを口に出さないという悪癖の持主である。

「――さて、行こうか」

と中尾は私に促した。

「僕も行きますよ。――新郎新婦の床入りの邪魔をするのも、何だか惨めだし」

と柳もついて来る。

外は一段とひどい風になっていた。唸りを立てて耳もとを吹き抜けて行く。

「さあ、走ろう」

「待って下さい、鍵をかけるから」

と、柳がドアの鍵をかけた。

「その鍵は？」

「居間の机の引出しに入ってるんです。今夜はあの二人が使うことになる。――さあ、行きましょう」

私たちは一斉に屋敷へ向って駆け出して行った。

3

時計が十一時を打った。

パーティの客も、ほとんどが帰路についていた。――宴の後というのは、何とも侘しいものである。

今夜のために雇われた使用人たちが、忙しく片付けている。

メイドが私に声をかけてくれた。

「どうぞ居間の方へ」

居間へ行ってみると、上岡征二郎と貞子の夫婦、それに淑子と、柳、南田の五人がコーヒーを飲んでいた。

「やあ、いかがです、アルコールの後にコーヒーは？　すっきりしますよ」

「いただきましょう」

私もソファの端に腰をおろした。そこへ、どこに消えていたのか、中尾もやって来て加わった。

「ひどい天気になったものね」

と淑子が言った。

「僕らの前途を象徴してるのかな?」

と上岡が笑いながら言った。

「やめてよ、あなた。ただの凪じゃないの」

と貞子が真顔で言った。それから私たちと、柳、南田を交互に見ながら、

「今夜はここへ泊って下さいね」

と言った。

「いや、僕は失礼するよ」

と柳が言った。

「でも、この荒れ模様の中を――」

「構うもんか。恋に破れた者にはぴったりだよ」

柳の言い方は、どこまで本気か、冗談なのか、よく分らなかった。

「おい、そう意地を張るな。泊って行けばいいじゃないか」

と南田が柳の肩をポンと叩く。

「いやだ!――帰るぞ、断じて」

と柳は言い張った。

「仕方のない奴だなあ」

と南田はため息をついた。

「もう一杯コーヒーを飲んでからだ」

淑子がメイドを呼んで、私たちの分も含めて、コーヒーを出すように言いつけた。

「南田さん」

と貞子が言った。「何か一曲弾いて下さいません？」

「いいとも。君への結婚祝いだ」

居間には、アンティーク風のアップライト・ピアノがある。広間にグランド・ピアノ。他にも一台や二台あるはずだった。

南田がピアノの前に座って、

「さて何がいいかな」

と、ちょっと迷ってから弾き始めた。力強いスタッカートが響く。ショパンの〈英雄ポロネーズ〉だった。

まあ、プロとしては大したこともないのだろうが、こうして寛ぎながら聞くには、もったいないような腕だ。

興に乗ったのか、南田は続いてショパンのプレリュードとエチュードから、何曲かをたて続けに弾いた。

その間に、メイドがコーヒーを注いで回る。私の、多少ぼんやりしていた頭が、コーヒーのおかげで少しすっきりしたような気がした。

南田の演奏が終ると、みんなが一斉に拍手した。――柳以外は。

しかし、南田の方は一向に気にしない。もう柳とは長い付き合いと見えた。

「さあ、どうするんだ？」

と柳の隣に腰をおろす。

「待てよ。この一杯を飲んだら帰る」

と柳はぐいとコーヒーを飲みほした。

「どうしても帰るの？」

貞子が仕方ない、といった様子で立ち上り、

「じゃ車を――」

「いや、タクシーを呼んでくれ。それでいい」

「送らせるわよ」

「いや、自分でタクシー代を払って帰りたいんだ。察してくれ。この胸の内を」

南田が苦笑して、

「好きにさせとけよ。どうせまたどこかで飲むことになるんだ」

「分ったわ。淑子、悪いけど――」

「ええ」

淑子が、急いで居間を出て行く。

「ねえ、慎一さん」

と貞子は柳の方へ歩み寄って、「やけ酒もあまり過ぎると毒よ」

と優しい声をかけた。

「ああ、君は優しいね」

柳は上岡の方へ目を向けて、「あんたはいい女性を捕(つか)まえたよ、全くの話」

上岡は無表情のまま、何も答えなかった。

淑子が戻(もど)って来て、

「タクシー呼んだわ。十五分ぐらいかかるって。何しろこんな所ですものね」

「いいさ、外で待っているよ」

「おい、冗談(じょうだん)じゃないぜ。――待てよ！　待てったら！」

さっさと出て行く柳を追って、南田も居間を飛び出して行った。

残った五人は、しばらく黙(だま)り込(こ)んでいた。――何となく気まずい沈黙(ちんもく)。

一メートル半は優にある柱時計が一つ打って、十一時半を告げた。

「さあ」

ちょうどいいきっかけ、という感じで、貞子が立ち上った。「そろそろ行きましょう、あなた」

「そうしよう。――では、おやすみなさい」

上岡は、貞子の肩へ手を回して、居間から出て行った。

淑子が、ふっと、張りつめていたものが緩(ゆる)んだように息をついた。

「奇跡(きせき)は起らなかったわね」

「何を期待してたんだい?」

と私は訊(き)いた。

「お姉さんが、あいつの正体に気付いて、結婚を取り消すかと思ってたのよ」

「まあ、いいじゃないか。姉さんには姉さんの人生があるさ」

「そうね……」

淑子は、何か力がぬけてしまったという感じで、ポツリと呟(つぶや)いた。

「さて、我々も失礼しようか」

と中尾が大欠伸(おおあくび)をしながら立ち上る。「馴(な)れないパーティなどに出るものだから、ひどく疲れて眠いよ」

「今、案内させますわ」

淑子がメイドを呼んだ。

我々の部屋は二階の来客用の大きな部屋で、一つが普通のダブルベッド並みの幅のあるツインになっていた。

「シャワーでも浴びるかね？」

と訊いても返事がないので、ふと見ると、中尾はもうベッドの上で眠りこんでしまっていた。

「呆れたな！」

と私は思わず呟いた。

およそ中尾らしからぬことだ。よほど疲れていたのだろうか。

私は、部屋に付属した浴室で軽くシャワーを浴びた。そして寝ようとして明りを消し、ベッドに入る前、ふと窓へと歩み寄ってみた。

風の叫びも、ほとんど聞えては来ない。

外の暗がりの奥に、微かだが、光が覗いている。——あの四阿の窓から洩れて来る光に違いない。

見ている内に、その光がふっと消えた。私はそっとカーテンを閉じ、ベッドへ入った……。

私は急に激しく揺さぶられて目が覚めた。ベッドに起き上り、ここは？――思い出すのに三秒とはかからなかった。

目の前に、中尾の、緊張し切った顔があった。

「どうした？」

「何かあったらしい。起きるんだ！」

「分った」

もう、時計は朝の九時を指していた。昨日の荒れ模様が嘘のような快晴で、明るい光が射し込んでいる。

急いで服を着終えたところへ、淑子が飛び込んで来た。

「ああ！　来て下さい！　大変なんです」

すっかり動転している。

「どうしたんだ？　言ってごらん」

と中尾が問いかけても、

「どう言っていいのか……」

と途方にくれている。

「よし、ともかく行ってみよう」

「お願いします。四阿なんです」

――果して何があったのか？　やはり伝説の通り、初夜を過した夫婦を災いが襲ったのだろうか？

私たちは階段を駆け降りて、廊下から裏口を通って、庭へ出た。

これが、昨夜苦労して通り抜けた林かと思うほど、様子が違って見える。私たちは一気に林を駆け抜けたが……。

四阿の前まで来て、私たちは唖然として立ち尽くした。――目の前の光景が信じられなかった。

四阿がなくなっていたのだ。

いや、その言い方は正確ではない。四阿の屋根と、四方の壁が、そっくり消え失せていたのである。

床はある。ベッドも置かれ、ナイトテーブルも、ソファも……。総ては昨日見たままだ。ただ、それが、今は明るい陽の光に、じかに照らし出されているのである。

「どうなってるんだ？」

　私はやっとの思いで呟いた。

「風で飛ばされたにしちゃ、きれいになくなっているな」

　と中尾が言った。

「そんなこと言ってる場合じゃないぞ！」

「そう。――殺人事件ともなればね」

「殺人？」

　そのとき、私は初めてベッドに誰かが倒れているのに気付いて、近付いて行った。

　ベッドの上に、上岡征二郎が死んでいた。胸が朱に染まっている。ベッドのシーツにも血は広がっていた。服装は、昨日居間を出たときのままだ。

「貞子さんは？」

　と中尾が訊いても、淑子は、

「分りません。――どこへ行ったのか」

　と、すっかり途方にくれている様子。

「ともかく、手分けして捜すんだ。家の使用人たちに言いつけてくれ」

「え、ええ……」

「それから一一〇番に電話だ」

「はい」

こういうときは、何か仕事を言いつけて、きびきびと動かすに限るのである。

淑子があわてて行ってしまうと、私と中尾は顔を見合わせた。

「これはどういうことなんだい?」

と私は訊いた。

「分りゃ苦労はない」

中尾は肩をすくめた。

「こんなこと……一体、誰が、何のためにやったんだろう」

「妙だな……」

そう言って、中尾は頭をブルブルッと振った。

「妙なのは分るよ」

「いや、そうじゃない」

「というと?」

「昨日のことさ。僕は部屋へ行ってすぐ寝ちまったんだね?」

「そうだよ」

「それがおかしい」

「どうして？」

「僕はゆうべ一晩、寝ないつもりだった。何か起りそうだという気がしたしね」

「よほど疲れてたんじゃないの？」

「違う。いくら疲れていても、決めたことはやり通す」

と中尾は言った。

確かに、今までの彼との付き合いの間でも、こんなことはなかった。

「するとどうなるんだ？」

「薬を盛られたとしか思えないね」

「いつ？」

「あの、居間で飲んだコーヒーだろうな、おそらく。しかし、誰が入れたかは分らない。誰にでも入れる機会はあったからね」

「南田、柳、若杉淑子……」

「それに貞子」

「——まさか！」

「僕もそうは思うがね。今までにだって、犯人そのものから事件を依頼されたことがないわけじゃない」

「君も凄いことを言い出すね」

と私は呆れて言った。

「本気でそう思っているわけではないよ。むしろ彼女が行方不明なのが、心配だ」

「――奇妙な事件だなあ」

と私は言った。「密室殺人ってのはよくあるけど……。部屋の方が消えちまって死体が残ってるなんて」

「全くだ」

中尾は、そっと残された床の上に上った。

「何か意味があるはずだ。――何か」

4

「やあ、これはこれは……」

すでに顔なじみの、警視庁捜査一課、小室警部が、中尾と私に気付いて、足を早めて来た。

「お久しぶりですね」

と、小室が中尾の手を握った。スラリとした長身の美男子——というにはいささか年齢だが、それでもなかなかの二枚目である。

刑事特有の匂いがない。そこが中尾と気の合うところかもしれない。

「一体どうしちまったんです、ここは？」

と小室は四阿の跡を眺め回して、訊いた。

「壁と屋根がないだけの四阿さ」

「それにしても……」

と小室は何やらしばらく思い悩んでいるようだったが、やがて言った。

「ちょっとあなたにお話したいことがあります」

と言っておいて、科学捜査班が忙しく動き回っている、四阿から少し離れた所へ、我々を連れて行った。

「何だね、話ってのは？」

「ええ、実は……」

と小室は言った。「殺された上岡は、刑事なんです」

「何ですって？」

私は思わず声を上げた。

「なるほどね」

相変らず中尾はびっくりしたような顔もしない。

「――どうも、彼女との結びつき方が曖昧だとは思ったんだが」

「まさかこんなことになるとは……」

小室はすっかりしょげている。

「すると、あの結婚は見せかけだったんだな?」

「もちろんです」

と肯いて、「若杉貞子からの依頼があったんですよ」

「どういうことだったんだ?」

「あの四阿について、調べたいことがある、というんです。しかし、極秘に、家族にも知られずに、というわけで、なかなか容易じゃありません。それであの伝説のことを思い出し、結婚初夜に四阿へ入るのは難しくない。それで行こう、というわけです。しかし、まさかねえ……」

「貞子は何を調べるつもりか言わなかったのか?」

「聞いていません」

と小室は首を振った。

「ふむ」

中尾は顎をさすって、「——ともかく犯人にとっては、あそこを調べられては困るところだったわけだな」

「何があったんでしょう？　前の事件のときにちゃんと調べてあるのに」

「さあね……」

中尾は一つ息をついて、「ともかく、ひげがのびちまってる。そって来るよ」

と言った。

「とんでもないことになったね」

私は鏡に向ってる中尾に声をかけた。

「やっぱり殺人は起っちまったってわけだ」

「全く、こっちの面目が丸潰れだ」

「しかし、薬を飲まされたんじゃ、どうしようもないじゃないか」

「気を付けていれば分ったはずだ。薬の味にね」

と言って、中尾は残った石けんの泡を拭い取った。

そこへ、メイドが顔を出して、下で小室が呼んでいると告げた。

「——どうした？　何か分ったのかね？」

と、居間へ入って行くと、小室が何やら部下と打ち合せをしているところだった。

「タイヤの跡を見付けましたよ。トラックですね」

「どこにあった？」

「この屋敷の裏手の方です。バラバラにして四阿の屋根と壁を運んだのに違いありません」

「そんなに簡単にバラせるのかね？」

「あれを建てたという工務店に問い合せたんですがね、外見はいかにもがっちりと建てた木造の四阿ですが、工法はプレハブなんだそうです。今はずいぶんいい物ができていますからね」

「なるほど」

「もちろん素人じゃ解体は無理ですが、そういう工事に携ったことのある者なら、一晩でバラすのも可能だということでした」

「それはいいとして、問題はバラした理由だな」

「そこですね。さっぱりわけが分らない」

「トラックは割り出せそうかね？」

「いや、はっきりした跡じゃないんですよ。至って漠然としていましてね。――何しろこの辺は人家も少なくて目撃者は期待できないし。工事に関った人間といったって、そういう手合はあちこち流れて行きますしね」

「むずかしそうだな」

「貞子さんが行方不明になっていますからね。これをどう考えればいいのか……」

「誘拐されたとみるのが妥当だろうね」

「おそらくはそうでしょう。――犯人はともかく、ここの母親、そして上岡と二人殺している。貞子さんの命も危いかもしれませんね」

　小室は暗い表情で言った。

「そのことでちょっとした手掛りがあるんだがね」

　と、中尾が、昨夜のコーヒーに入っていた薬のことを話すと、小室が目を輝かせた。

「そいつは凄い！――犯人をそこへ絞れるわけですね。その柳ってのと南田って奴と……妹の淑子か」

「絞ってみたところで、問題は解決しないよ。なぜあの四阿を解体したのか、という点がね……」

「しかし、ともかくその連中を集めてみましょう」

とすっかり小室は乗り気になっている。

「ところで、凶器の方は？」

「ナイフが林の中で見付かりました。ごくありふれた品ですが、今、ルートを追っています」

「こういう犯人では、あまり手掛りは残していないだろうね」

「しかし、自信満々の奴ほど、何か手抜かりをやるもんですよ。——ともかく当ってみます」

そこへ、淑子がやって来た。

「あの……」

「何です？」

「柳さんと南田さんがみえてるんですが」

「やあ、これは——」

と小室が思わず中尾の顔を見る。

「呼ぶ手間が省けたようだね」

と中尾が微笑んだ。

「ええ、ゆうべは、タクシーで……」

と南田が肯く。

「ここを出てどこへ行きました？」

と小室がさり気ない口調で質問する。

「柳に付き合って飲みに行きましたよ」

「どこで飲んだんです？」

「新宿です。――店は憶えてないな」

「何軒か回ったんですか？」

「五、六軒は少なくともね。後はもう……めちゃくちゃで」

と頭を拳で叩いた。

「すると、お二人ともアリバイはありませんな」

柳と南田は思わず顔を見合わせた。

「――冗談じゃありませんよ、僕らが、この事件に関係してるとでも？」

「可能性はありますからね」

何と抗議されようが、小室は平気なものである。刑事の神経はちょっと常人とは違うのだ。

「おい、淑子さん、何とか言ってくれよ」

と柳が助けを求めるように言うと、淑子は冷ややかに、

「あなた、お姉さんに振られて、あの二人を恨んでたはずよ」

と言った。

「おい！　それはないぜ」

「お姉さんをどうしたのよ！　お姉さんを返して！」

と一気に爆発するように、叫んで、柳へつかみかかる。南田と、他の刑事たちが、あわてて二人を引き離すと、淑子は居間から駆け出していってしまった。

「やれやれ……」

と柳が息をついた。「女ってのはカッとなると見境がなくなって困りますね」

「無理もないよ」

と南田が柳の肩を叩いた。「彼女の気持も分ってやらなきゃ」

――小室は、その他、二人にいくつか細かい質問をしたが、結局、旅行などにはしばらく出ないでほしいと告げるだけで、二人を帰さざるを得なかった。

「あの二人、徹底的に洗ってみましょう」

と小室が中尾に言った。「金に困っているとか、女関係とか……。必ず何か出て来ますよ」

「そりゃ、誰だって叩けば埃は出るものさ」

と中尾は言って、「――どうだね、その手間を省いてやろうか？」

と付け加えた。

「何か分ったんですね？」

「どうかね、警察は必要経費ってやつをどのくらい認めるものなんだい？」

中尾の言葉に、小室は目をパチクリさせた。

男が部屋へ入って来た。――恐る恐るという様子で中を見回し、人の姿がないのを見ると、ホッとした様子で、長椅子の一つに腰をおろした。

室内は、テーブルの上のスタンドの明りだけで、ほの暗かった。男は、灰皿を近くへ持って来てタバコに火を点けた。

時計を気にしながら、苛々と待つこと十五分。ドアの外に、車の音がした。

ドアが開いた。

「どうも」

と男が頭を下げる。

「何だ、一体。困るじゃないか、こんな風に呼び出されちゃ迷惑だ」

と柳が言った。

「どうもすみません。ちょっと急に金が必要になったもんですから」

「支払いはこっちに金が入ってからでいいという約束だぞ」

「全部とはいいません。ほんの四、五十万もありゃ、差し当りは」

「こっちだって淑子が遺産をついでくれるまでは貧乏暮しだ。それに、今は時期が悪い。妙に借金でもしたら警察が目を光らせてるからな」

「そこを何とかお願いしますよ。あの四阿を造るときも壊すときも請け負ったんですからね。少し都合して下さっても――」

「分ったよ」

と柳はため息をついた。「じゃ明日まで待ってくれ。何とか金をつくる」

「よろしくお願いします」

男が頭を下げて、部屋を出て行こうとした。柳がすっとその背後に忍び寄る。

そこへ、

「人殺しはもうやめておけよ」

と声がひびいた。柳がハッと振り向く。

部屋の壁と見えていたものが、静かに開いて、小室と中尾、それに私も出て行った。

「二重壁というやつだな」

中尾が言った。「君と淑子は、母親が金目当ての男と結婚すると知って、その工務店の男へ依頼して、四阿を建て直させた。そして初めから、壁の一部を二重にして、中へ人が入れる程度の隙間を作っておいたんだ。母親と相手の男を殺し、男の死体はその壁の中へ隠して、男が犯人と見せかけた。しかし今度は姉の貞子さんが君らのことを怪しみ始め、あの四阿を調べようと思い立った。二重壁の構造がばれれば、それを造った工務店から君らのことが知れる。そこで、君らはあの上岡という刑事を殺した。――刑事だということは感づいていたのだろうね。その上で、ともかく二重壁を取り払ってしまわなくてはならない。そこで再びその工務店の男を使って解体させた。壁だけでは、目的が知れてしまうので、結局、屋根も何も全部取っ払う他なかったわけだね」

中尾は工務店の男の方を見て、

「その男がすっかりしゃべっちまったんだ。柳君、君も諦めるんだね」

「畜生！」

柳が部屋から飛び出して行った。表で、刑事たちの声がして、すぐに静かになった。

「――この小屋もなかなかいいね」

と中尾は中を見回した。「一日でこんなものができちまうんだから、大したもんだな」

「感心してる場合じゃないですよ」

と小室が苦い顔で、「この出費にどう名目をつけようか、頭が痛い」

「貞子さんの居場所は？」

と私が言った。「まさか殺されて……」

「いや、淑子もそこまではしないさ。監禁して何とか姉を仲間に引き入れようとしているんだと思う。――なに、すぐ白状するさ、ああいう女は」

中尾は呑気に言った。「おい、小室君。この小屋を僕にタダでくれないか？」

小室が中尾をにらんだ。

「本当に悪い夢みたい」

貞子は、少しまだ青ざめていた。妹が母を殺した犯人の一人だったとなれば、やはりショックという他はあるまい。

「柳さん、南田さん……。みんないいお友だちだと思っていたのに」

「柳は淑子さんと前から関係があったようだな」

と中尾は居間のソファでグラスを手にして言った。

「――君がいては、結局お母さんの遺(のこ)した財産も好きに使えない。その内に、君も狙(ねら)われたかもしれないよ」

「私、もう人間が信じられませんわ」

と貞子はため息をついた。

「僕のこともかね?」

と中尾が訊(き)いた。――貞子が、しばらくしてから微笑んだ。


「どうしてあの二重壁のことが分ったんだ?」

と私は、若杉邸(てい)からの帰りの車の中で訊いた。

「死体の上に部屋を急造して密室を作るというトリックがあったろう。今度の場合は逆に取り壊している。むずかしく考えなければ、壊したのは、部屋そのものに秘密(ひみつ)があったからだとしか思えなかったのさ」

「なるほどね。――これも一種の密室事件と呼んでいいのかな?」

「そう……。壁の中には密室があったわけだからな」

と中尾は言って、大きな欠伸（あくび）をした。まだ薬が効（き）いていたのかもしれない。

『人間消失』

1

「スターのご入来だ」

と誰かが言った。

役者に限らず、波に乗っているときの人間というのは、どこにいても、周囲の人間へ存在を感知させる、一種の放射線のようなものを放っている。

実際、パーティに来ていた数十人の男女は、その誰かの言葉を聞くより早く、佐々本俊一が、会場へ入って来たのを感じて手を叩き始めていた。

拍手は、もちろん一瞬の内にパーティを満たした。もともとそう広い部屋でもなかったのだけれど。

佐々本俊一は、半ば照れたように、それでいて、スターらしい傲慢さを感じさせる笑顔を見せて、軽く手を上げて応えた。

「素晴らしかった！　いや、実にみごとなハムレットだった」

真っ先に進み出て、佐々本の手を握ったのは、この劇団の責任者である萩原老人だった。これはいわば恒例の行事の一つであり、パーティの型通りのスピーチのようなものだった。

しかし、今夜は、老人は本当に心から嬉しそうに見えた。

初日から満席で、公演期間中の切符が、初日以前にほとんど売り切れているというのは、この劇団、始まって以来の大事件だったのだ。演劇人としての使命以前に、劇団のソロバン勘定をしなくてはならない萩原老人としては、思わず声が弾むのも、当然のことであったろう。

その人気が、まず九割方――遠慮のないところを言えば、九割九分まで、主役の佐々本俊一の、個人的人気に負っているものだとは、老人とて知らぬはずはないが、どんな客だって客は客なのだ。入場料を払って、何を見ていようと、そこまでは関知しない……。

たとえ、ハムレットが死んだ所で帰ってしまう客がいても、それには目をつぶるのが、賢明な経営者というものなのである。

「さあ、乾杯しよう」

と老人はシャンパンのグラスを佐々本へ渡して、自分もグラスを取り上げた。「みんな！　グラスを持ってくれ！　今度の公演の成功に乾杯だ！」

ザワザワと、中央のテーブルの周囲に全員が集まる。

私は、壁にもたれて立っていた。自分の位置を動く気はなかった。舞台での兵士役と同様、誰も私のことなど気付きもしないのだから。

「新しいハムレットに乾杯しよう」

小柄なので、老人の姿は、みんなの陰に隠れて見えなかった。声だけが聞こえて来る。

佐々本は、長身なので、みんなに囲まれても頭が出ている。

「ちょっと待て。——ハムレットだけに乾杯されるのは寂しいな。恋人と一緒でないとね」

佐々本はそう言って、「安野さん、並んで下さいよ」

と呼びかけた。

相変らず、そつのないことだ、と私は思わず微笑まずにはいられなかった。

「主役はあなたよ、佐々本君」

と言いながら、安野佐保子が、佐々本と並ぶ。「私は引き立て役?」

「とんでもない。どう演ったって安野さんがちゃんと受け止めてくれると思えばこそ、安心して自由にできるんですよ。あなたのおかげです」

「まあ、口の上手いこと」

と安野佐保子が笑った。

安野佐保子は、この劇団では一番の古株なのだ。自称三十二歳だが、本当の年齢は誰も知らない。おそらく、知っているのは、萩原老人ただ一人だろう。

だが、どうひいき目に見ても、四十に近い——おそらくは四十を超えているのは誰の目にも明らかで、ハムレットの実際の若々しさ——佐々本は二十九歳である——と比べて、あまりに不つりあいなオフェーリアであった。

実際、小じわを隠すために、濃い化粧をした彼女は、ますます老け込んで見えた。

だが、彼女とて、美しかった頃があるのである。かつて、彼女は劇団を一人で支えていた。いわば功労者である。

その事実が、容色が衰え、演技のタイプもすでに旧時代のものとなってしまった今でも、彼女を、劇団のボス的な存在にしているのだろう。

今度の「ハムレット」では、若々しい新鮮さを打ち出して行こうというのが、劇団としての狙いだった。というより、むしろ、TVや映画ですっかりスターになってしまった佐々本の人気で、劇団の赤字財政を救おうというのが、この企画の目的だったのである。

そのためには、主要キャストを佐々本に合わせて、若いメンバーで組むという基本構想が出来ていた。当然その軸になるのが、ヒロイン、オフェーリアだ。

オフェーリア役は、最初小川厚子が抜擢された。これにはみんな納得していた。まだ入団二年目とはいえ、芸熱心なことでは、小川厚子はひときわ目立っていたし、小柄で可憐な容貌は、正にオフェーリアにぴったりだったからだ。

稽古は順調にスタートした。小川厚子も、初の大役に、張り切ってぶつかっていた。ところが――突然、小川厚子が、オフェーリアをおりたいと言い出したのである。

理由は、まだこれほどの役をやる自信がないというのだった。演出に当っていた萩原老人も、何とか彼女を説得しようとしたのだが、結局徒労に終ってしまった。

そして、ハムレットの母親役のはずだった安野佐保子が、オフェーリア役に決ったのである。

みんな何となく割り切れないままに、稽古は進んだ。その内に、誰からともなく、事の真相が囁かれ、広まって行った。

つまりは、安野佐保子が小川厚子に凄まじいばかりのいやがらせをしたらしいのである。さすがに気丈な小川厚子が、固く口をつぐんで語らないのを見ても、いかに陰険な手を使ったか、想像がつくというものだ。

「――乾杯！」

みんなグラスを上げているものの、内心では、安野佐保子への嫌悪の念が渦巻いているのに違いない。それに気付いていないのは、おそらく安野佐保子ただ一人ではなかったろうか……。

「まだ公演は二週間続くんだ。飲みすぎて明日二日酔なんてことのないようにしてくれよ！」

と萩原老人が大声で上機嫌に言った。

「そしたら世紀の名演ができるよ」

と、この劇団の古いメンバーで、脇役に徹して来た、中田が応じた。

また人が散って、パーティが続いた。

パーティといっても、立食の、いたって簡素なものだ。それでも、初日の成功を祝うこの集いは、いつも楽しいものだった。

佐々本は、大勢のマスコミ関係者に取り囲まれていた。この劇団の内輪のパーティに、マスコミの人間がやって来るというのも、佐々本がスターになってからだった。佐々本は、極めて細心な、決して人気に溺れない男だ。今ふうに言えば「クール」だということになろう。

自分が劇団員としては、まだ新しいということを、よくわきまえていて、自分目当てのインタビューでも、萩原老人だの、安野佐保子だのを同席させるように心がけていた。

そういう点は、全く見上げた男である。

マスコミの連中が引き上げて行くと、佐々本がぶらぶらと私のほうへやって来た。

「おい宮内、何を一人で飲んでるんだ」

「一人で飲む方が好きなんだ」

と私は言った。「今日は良かった。本当に凄かったよ」

佐々本は私の言葉には一向に反応せず、

「疲れるよ、全く」

と呟いた。「芝居してる方がよほど楽だ。面倒な人間関係に気をつかってるよりはな」

「もう少し大きく構えてりゃいいじゃないか。君はスターなんだぜ」

と私は言った。佐々本は黙(だま)って微笑んだ。

私と佐々本は、中学生の頃からの友人同士である。高校、大学と一緒に進み、また演劇に取りつかれて、勉強そっちのけで打ち込んで来たのも、同じだった。

しかし、今、佐々本がハムレットで、私は兵士という事実は、二人の天分の、どうしようもない落差を示している。

私がこの劇団へ入ったのも、佐々本の誘(さそ)いによるものだった。そうでなければ、全く何の実績もない三文役者を、わざわざ入団させるものか。

佐々本は、スターになってからも、何かというと私の所へやって来ていた。自分は洒落(しゃれ)たマンションに住んでいるのに、時折、ひょいと私のボロアパートへやって来て、昔のことをしゃべり合うのだ。そんなときの彼は、中学生の頃と少しも変っていなかった。

佐々本も私も、まだ独身だった。

私はともかく、佐々本ほどの人気者なら、女はいくらも手に入りそうなものだが、週刊誌がいくつか書き立てるロマンスも、例外なく、シャボン玉のように消えて行った。

「小川君はいないな」

と佐々本が会場を見回した。

「最初いたけどね。帰っちまったんじゃないのか」

と私は言って、「気持は分るさ」

と付け加えた。

「同情してるのか」

「もちろんさ。君だって聞いてるだろう?」

「ああ。……困ったもんだ」

「その元凶を君は持ち上げてやるんだから」

佐々本はちょっと笑って、

「あの手の人間はね、おだてられてりゃご機嫌で寛大になる。あれでみんなに無視されてみろ。面白くないといって、今度は舞台をぶち壊しにしかねない」

いつも冷静に考えている男なのだ。

「ところで、僕の兵士役はどうだった?」

と私は訊いてやった。「持ち上げてくれるんだろうな」

「城壁から叩き落としてやるよ」

二人は一緒になって笑った。——スターにはなったが、それ故に気をつかい、注目されて、気ままに振舞う事も許されない佐々本にとって、一緒に笑える相手として、私が必要なのかもしれない。

「今日は少しやりすぎたよ」

と佐々本が、真顔になって言った。「はしゃぎ過ぎって感じだったな」

「いいじゃないか。ハムレットは若者なんだぜ。分別くさい中年男じゃない」

「しかし、それは演じられた〈若さ〉でなくちゃならない。生の若さをぶつけただけじゃ、芝居にはならないさ。明日からは少し変えてみる」

私には気がかりなことが一つあった。それは、世間的な人気のために、佐々本の演技そのものの価値が低く見られるのではないかということだ。

佐々本には疑いもなく天分がある。それが演劇を全く解さない、TVのファン層のせいで、妙な形の誤解を受けるのではないかという気がしたのである。

演劇界には、保守的というか、閉鎖的な体質がある。外の世界での人気者には往々にして拒否反応を起すのだ。

「今日は、〈照明〉氏は来てたのかな?」

と私は言った。

「知らんね」

と佐々本は肩をすくめた。「見るなら、二日目以降のを見て欲しいね」

〈照明〉というのは、某新聞の演劇評を担当している人間のコラム名である。その本名は知れていない。批評家の誰それだろうとか、ベテラン役者の某だとか、色々と噂はあるが、確かなところは誰も知らないのである。〈照明〉氏の批評は、至って痛烈で、相手がどんなベテラン、大物であろうと、構わずにこき下ろした。それが悪口のための悪口でなく、見るべき所をちゃんと見ているだけに、その批評は次第に注目を集めるようになって来ている。

演劇人の間でも、〈照明〉と言えば、あの批評家のことだとすぐに通じるまでになっていたのである。

「〈照明〉氏だって今度のハムレットは認めてくれるさ」

と私は言った。

「それはどうかな。僕は——」

佐々本が何か言いかけたとき、

「何ですって！」

と、けたたましい女の声が会場中に響き渡った。

その声は、聞き間違いようもない、安野佐保子の声だ。

「冗談じゃないわよ！　人を何だと思ってるの！」

と、もの凄い剣幕で、「馬鹿にするにもほどがあるわ！」

とかみついている。相手は萩原老人で、

「まあ、落ち着いて……」

と、気の毒に、すっかりあわてふためいている。

「不愉快だわ。私、帰る」

安野佐保子は、さっさと会場を出て行ってしまった。——何となく気まずい沈黙が残って、誰かが、

「さあ、明日があるぞ」

と言い出すと、みんなゾロゾロと帰り仕度を始めた。

萩原老人が苦り切った顔で私たちの方へやって来た。

「どうしたんです？」

と私が訊くと、

「ちょっと提案をしてみたのさ。オフェーリアを、小川君とダブルキャストにしてみては、と思ってね」

「なるほど」

と、佐々本が肯いた。「それが女王のカンにさわったというわけですか」

「困ったもんだ」

萩原老人は頭を振って、「小川君は才能があると、私は見ているんだがね」

「同感ですね」

「ところが、ここを辞めると言っているんだよ」

と、老人が言った。

無理もない、と私は思った。このままいても、安野佐保子がいる限り、決していい役は回って来ないだろうから。

「惜しい子だよ。実に惜しい」

と萩原老人はため息をついた……。

パーティをやったのは、劇場に近いレストランの二階だった。

外へ出ると、もちろんもう大分遅くなっていて、北風が吹きつけて来ると、コートを着ていても、震え上るほどだった。

「送って行こうか」

と、佐々本が言った。彼は二〇〇〇CCの乗用車で通って来ている。私はもちろん電車である。

「でも、方向が違うだろう」

「いいんだ。今夜はマンションには帰らないから」

「へえ。どこへ行くんだ？」

「それを訊かなきゃ乗せてってやるよ」

「ＯＫ、約束するよ」

と、私は即座に言った。

アパートに近い角で車を降ろしてもらうと、私は軽く手を振って、アパートへの近道を急いだ。

三階建の、一応鉄筋の建物だが、古ぼけていて、お世辞にもマンションとは呼べない。いくら名前が〈××コーポ〉であるとしてもだ。

三階へと駆け上った私は、自分の部屋の前に立っている人影に、びっくりして足を止めた。

「何してるんだ、こんな所で？」

「遅かったのね」

それは小川厚子だった。「一時間ぐらい待っちゃった」

「悪かったね。しかし……何か用？」

「ともかく中へ入れてよ。ここじゃ、寒くって」

「ああ……」

私は、散らかった部屋をあわてて片付け、小川厚子を中に入れた。

「――僕に何か用かい？」

と、お茶を出してやりながら訊く。

「私、劇団を辞めようと思ってるの」

と厚子は言った。

「ああ、萩原さんから聞いたよ。――まあ、無理もないとは思うけどね。しかし、もったいないよ」

「でも、あそこにいたんじゃ……」

「そうだな。いつも端役（はやく）ばかりで、それももったいないね」

「できればオフェーリアをダブルキャストにするように話してみるって、萩原先生、おっしゃってたけど」

「それはだめだったようだよ」

私はパーティでの様子を話した。

「そうでしょうね」

厚子は肩をすくめて、「期待しちゃいなかったわ」

と言った。

「僕で何か力になれるといいんだけどね。何しろその他大勢だからなあ、僕は」

厚子はしばらく目を伏せて黙っていたが、やがて顔を上げると、

「宮内さん、私のこと、嫌い？」

と訊いた。

——三十分後、私と厚子は裸で寄り添っていた。

厚子がどういうつもりで私に身を任せたのか、よく分らなかったが、ともかくそんなことは、現実に彼女を抱いているのだという、事実の前には、大した問題ではなかった。

一休みしてから、厚子はまた飽かず求めて来た。気性の激しい彼女らしい情事だったが、ともかく、私を夢中にさせるに充分すぎるほどの魅力を、厚子の肉体は具えていた。

「——ねえ」

と、汗ばんだ体が、まだ熱い内に、厚子が言った。

「何だい?」

「安野さんを殺して」


公演の三日目だった。

六時半の開演を前に、私が兵士の格好で休んでいると老人が急いでやって来るのが見えた。

「おい、宮本君、ちょっと頼みがあるんだ」

萩原老人は私のことを「宮本」と呼ぶ。私も最初はその都度、

「宮内です」

と訂正していたのだが、その内に諦めてしまって、宮本と呼ばれるのにも大分慣れて来ていた。

「何でしょう?」

「君、済まんが、これを隠しておいてくれないか」

と、渡されたのは、新聞だった。

「何です?」

「いいから。ともかく、幕が下りるまでは絶対に誰にも見せないようにしてくれ」

萩原老人は真剣そのものだった。

「僕も出番があるんですがね」

「そのときは、その鎧の下にでも押し込んどきゃよかろう。ともかく頼んだよ」

と早口にまくし立てると、さっさと行ってしまう。

「やれやれ。何だって言うんだ？」

一体どうしてそう必死になって隠さなきゃならないのか、私はその新聞を広げてみた。当日の夕刊である。配達されたばかりなのだろう。

めくってみて、老人がなぜこの新聞を隠したがったか、すぐに分った。例の〈照明〉の評が載っているのである。

批評は容赦ないものだった。〈シェークスピアは安っぽいコントと化した〉とあり、〈型にはまった演出のなかで、伝統を克服した新しさとは全く別物の、騒々しい素人並みの演技が続く〉としていた。役者の中では、〈意欲だけが空回りして、人気が実力の裏付けを伴わないと証明してみせた〉といわれた佐々本はまだましな方で、安野佐保子については、〈老醜のオフェーリアは新解釈か？〉と痛烈に皮肉り、〈ハムレットとオフェーリアの恋は母子相姦の如くに描かれている〉とまで書かれている。

私の如き端役は、こういうときは気が楽だ。どんな暇な批評家だって、突っ立っているだけの兵士役を論評するはずがないからである。

佐々本のハムレットへの酷評は面白くなかったが、その他の点では、私は〈照明〉氏にほぼ同意していた。

萩原老人の演出は、いかにも古くさく、従来の型に寄りかかり過ぎていた。せっかくの新鮮な佐々本のハムレットが、あれではまるで生きない。

安野佐保子のオフェーリアに関しては、まことに痛快だった。〈この劇団には、若い女優がいないのだろうか?〉と書いておいて、〈安野は初めハムレットの母親役の予定だったとも聞くが、筆者にはそれも相応しいとは思えない。この女優を出演させようと思えば、ハムレットの祖母の役を新たに創作する必要があるだろう〉には笑ってしまった。

なるほど、これでは萩原老人が隠したがるわけだ。もちろん、これが目に触れずに済むはずはないが、舞台の直前に見せてはまずい。終った後なら、何とか言いくるめて納得させることもできるだろうが。

「何を笑ってるの?」

近くに足音がして、私はびっくりした。

「君か……」

小川厚子だった。これが安野佐保子だったら大変だ。私は冷汗をかいた。

「新聞？　何か面白いことがでてるの？」

「まあね。――読むかい？」

老人に禁じられてはいたが、厚子には読ませてもいいだろうと私は思ったのだ。

「あら、〈照明〉ね？　見せて。どう書いてある？」

読み進んで行く内、厚子の顔に、晴れ晴れとした笑いが広がって行った。

「胸がすっとした？」

「最高よ！　これを読むときの顔が見たいわ」

そう言って、ふと、私の顔を見ると、「ね、これ、ちょうだい」

と言い出した。

「だめだよ。萩原さんから、誰にも見せるなと言われてる」

「どうせ見るんだもの、いいじゃない。新聞がこれ一部ってわけじゃあるまいし」

「しかし――」

「大丈夫。あなたに迷惑（めいわく）はかけないわよ」

そう言ってから、厚子は軽くウインクして見せて、

「お礼に今夜アパートへ行ってあげる。ね？」

そう言われると、こっちとしても、つい肯いてしまわざるを得ないのが、惚れた弱味という奴だ。

仕方ない。萩原老人には、あれは別の新聞だとでも説明して、逃げることにしよう。それに、厚子だってこの劇団の人間なのだ。まさか公演に差し支えるようなことはしないだろう。――私はそう考えて、自分の中の不安を振り払おうとした。

開演の時は迫っていた……。

2

「参ったよ、全く」

私のアパートの部屋で、畳にゴロリと寝転がって、佐々本は言った。

「君のせいじゃないさ」

私はそう言って、「一杯やらないか？　あんまりいいウイスキーじゃないけどね」

とグラスを渡そうとした。

「いや、結構だ」

と、佐々本は手を振った。私は肩をすくめて、一人で飲み始めた。

私は、内心、まるで氷に抱きついてでもいるように、身の凍える思いだった。

「一体誰が、あの新聞を彼女に見せたんだ！」

萩原老人の怒りは凄まじかった。私はあの老人にそんなエネルギーが残っているとは思ってもいなかったので、愕然とした。もちろん、自分が厚子へそれを渡したなどと言える雰囲気ではなかった。——言ったら絞め殺されかねない、本当にそんな様子だったのである。

しかし、その激怒が逆に幸いして——私にとってはだが——老人は私に新聞を預けていたことなど忘れてしまったらしかった。そして、怒り過ぎて心臓に負担がかかり、青くなって倒れるという騒ぎ。

救急車を呼び、病院へ運んで事なきを得たが、全く大変な一日だった。

しかし、萩原老人にとっては、全く頭の痛いことではあろう。いざ本番となってからオフェーリアが帰ってしまうというのは、まあ長い演劇生活でも、そうやたらと経験できる事件ではあるまい。

それにしても、厚子も大変な女だ、と私はつくづく思った。

あの新聞を、安野佐保子へ、出番の直前に見せたのである。いや、もちろん直接渡したわけではない。どうやったのかは分らないが、ともかく安野佐保子の目のつく所へ、あのページを上にして、置いたのである。

読んだ安野佐保子が怒りで真っ青になる。そこへ出番だ。――彼女は舞台とは逆の方向へと走り出してしまった。

当夜の公演はキャンセルになってしまった。客には、女優の急病という口実で詫びたが、この事件にマスコミが飛びつかぬはずはない。

翌日の朝刊には、〈酷評に怒って舞台をすっぽかす〉という大見出しが出た。

主演女優が舞台を捨て、演出家が倒れたのでは、公演はどうなることかと思われたが、オフェーリアの役にはすばらしい代役がついた。――小川厚子である。

奇妙なもので、この騒ぎが却って人気を呼んで、連日公演は超満員だった。

あの騒ぎから、もう一週間たっている。

今になって、佐々本が「参った」と言っているのは、だから事件そのもののせいではなかった。

「しかし、公演そのものは成功だったんだからいいじゃないか」

と私は言った。

「まだ終ってないんだぜ。後三日ある」

「そりゃそうだが。小川君も評判がいいし、まあ荒療治だったにせよ、結果は良かったんじゃないのかい？」

これこそ自己弁護というやつだ。

「このまま終ればいいがね」

「というと？」

「彼女が黙っているかどうか……」

「いくら彼女でも、何もできやしないよ。演技を酷評されたからって、舞台を投げちまうのは、女優としてあるまじきことだってみんなに叩かれてる。下手なことをすりゃ、却って自分に不利だからね」

「そりゃね……しかし……」

佐々本にしては、どうも歯切れの悪い言い方だった。

「何か他にあるんだな？」

と私は訊いた。

「そうなんだ」

と佐々本は認めた。

「話してくれよ」

「そうだな。まあ、君にならいいだろう」

佐々本は起き上ると、「僕も一杯もらおうかな」と言い出した。グラスを渡すと自分で氷を取って注ぎながら、

「いくらあんな真似をしたといっても、安野佐保子は劇団にとっては功労者だからね。それに、まあこれは僕の印象だが、萩原のじいさんは、どうも彼女に弱味を握られてるって気がするな」

「——なるほど」

私は肯いた。今まで考えてもみなかったが、確かにそう考えると、安野佐保子の並外れたわがままを、あの老人が許して来た理由も分る。

「で、萩原さんとしては、彼女を追い出すわけにもいかない。彼女の方は、まだカンカンに怒っているからね。容易なことでは復帰しないだろう」

「そりゃそうだろうね。ジュリエットでもやらせりゃ、きっと喜んで出て来るぜ」

佐々本はちょっと笑って、

「全くだ。しかし、それでまた〈照明〉氏に叩かれちゃ、同じことのくり返しだからな。あれをまたやられたら、今度は萩原さん、確実にあの世行きだよ」

「で、どうしようっていうんだい？」

「僕に交渉しろっていうのさ」

「交渉？」

「そう。――〈照明〉氏が二度とあんな記事を書かないようにね」

「そいつはしかし――」

「僕も無理だと言ったさ。しかし、萩原さんの気持も分る。死活問題だからな。〈ハムレット〉はたまたま人を集めたが、この次も集まるとは限らない。その度に劇評でこっぴどくやられちゃかなわんってわけだ」

「新聞社に交渉するのかい？」

「いや、新聞社の方では、そんなことを許すはずがないからね。下手に、圧力をかけたとでも書かれたら、それこそおしまいだ」

「じゃ、どうするんだ？」

「〈照明〉氏に直接会うのさ」

私は唖然とした。

「だって――彼の正体は不明なんだぜ」

「人に頼んで、彼に連絡を取るルートだけは教えてもらった」

「で、連絡できたのかい？」

私は思わず乗り出していた。

「楽じゃなかったがね」

「どんな男だい、そいつは?」

「会っちゃいないよ。連絡といっても、こっちは人を介(かい)して、会いたいという希望を伝えるだけ。返事が来るかどうかは向う次第なんだからね」

「ずいぶん、もったいぶった奴だな」

「ともかく、一応向うは会うのを承知した」

「そりゃ凄(すご)い!」

「で、今夜会うことになってるのさ」

と言って、佐々本はニヤリと笑った。「どうだい、一緒に来るか?」

「当り前じゃないか」

私はもう立ち上りかけていた。

「落ち着けよ。会うのは僕だけだぞ」

「何だ——」

「君には部屋の外で待っていてほしいんだ。何しろ僕を追い回してる、物好きな記者もいるからね。もしその目にでも止ったら大変だ。君にその見張り役をやってほしい。

——どうだい？」

「警備の兵士の役は舞台だけだと思ってたよ」

と私は言った。「まあ、いいや。やりましょう」

「助かるよ。じゃ、一時間したら車で迎えに来る」

佐々本は帰って行った。

私も多少がっかりはしたものの、それでも〈照明〉氏の姿をチラリとでも垣間見る(かいま)ことぐらいはできるかもしれないと思った。

一応、数少ない上衣にネクタイをしめて待っていると、ちょうど一時間して、佐々本が迎えに来た。

彼の方は高級な背広上下というスタイルである。紳士服のＣＭに出ているので、タダで作ってもらったものなのである。

全く、世の中は金持ほど金を使わないで済むようになっているのだ。

「どこへ行くんだ？」

「ホテルさ」

「ホテル？」

「向うの指定だよ」

車は三十分ほどで、Nホテルについた。車を駐車場に入れて、私たちはフロントへ向った。

「部屋番号は聞いてるんだ。一応電話してから上ろう」

佐々本は、〈内線専用〉と書かれた電話のダイヤルを回した。「——もしもし。佐々本です。——今、下です。——分りました。こちらは友人が一人。——もちろん外で待たせます。——では」

佐々本は受話器を置いて、私の方へ向いた。

「向うは待ってる。行こうぜ」

「部屋は？」

「六〇三号室」

エレベーターで六階へ。六階はスイート・ルームのフロアで、一つ一つが広い分だけ、部屋数は少ない。

「ここか。——君は、悪いけど少し離れててくれ」

「OK」

私は廊下（ろうか）を少し行って、振り返った。佐々本が肯くと、部屋のチャイムを鳴らした。

ドアが少し開いて、佐々本が何か言いながら、中へと姿を消す。

　私はやはり気になるので、六〇三号室の前へ行って、じっと室内の様子に耳を澄ましていたが、話し声は全く聞こえない。考えてみればスイート・ルーム（続き部屋）なのだから、奥の部屋で話をしているのに違いない。

　私はドアの前を、動物園の熊よろしく、往きつ戻りつしていた。——しかし、一応見張りというからには、遠くへ行くわけにもいかないので、ドアの左右、十メートルの範囲には止まっていた。

　だが、そうしているにつれ、何とかして〈照明〉の正体を見たいという欲求はいやでもふくれ上って来ていた。下手に覗いたりすれば、それこそ、〈照明〉氏の評が今後どうなるか、察せられるというものだし、そうなったら、こっちの如き三文役者は、即座にお払い箱か、劇団そのものが潰れるだろう。

　ここは我慢だ、と自分に言い聞かせたものの、気が付くと、何かいい方法はないかと考えているのだった。

　そうこうしているうちに、三十分ほどたっただろうか。

　私は、ワゴンを押して来るボーイに気付いた。ルームサービスだろう。見ていると、そのボーイは、六〇三号室の前で足を止めた。

「おい、ちょっと！」

私は思わず声をかけていた。「その部屋からの注文かい?」

「はい」

とボーイの方はいぶかしげに私を見る。

「ちょっと頼みがあるんだがな」

と私は言った。


「なかなかぴったり来るじゃないか」

と私は独り言を言った。「これでボーイの役はできるぞ」

もちろん、服を交換するのをボーイは渋った。万一何かあったら、と思ったのだろう。最終的に話をつけたのはやはり金で、私はあるだけの——といって大して持っちゃいないのだが——ものを全部やってしまった。

そうしてまで、〈照明〉氏の素顔を覗いてみたかったのである。

「すぐに返すからな」

「お願いしますよ。見つかったらクビですからね」

ボーイは情ない顔で言った。「早く届けないとコーヒーが冷めます」

——私は六〇三号室のチャイムを鳴らした。

「——誰だ？」

ややあって、佐々本の声が少し奥から聞えて来た。私は作り声で、

「ルームサービスでございます」

と言った。

「ああ、ちょっと待ってくれ……」

と、佐々本がドアの方へ近付いて来る気配がしたのだが……。

そのとき、突然何かが壊れる音がした。

「やめろ！」

と叫んだのは、佐々本だった。そして、ガン、と鈍い音がして、何かがドサッと倒れる。私は驚いてドアへ耳を当てた。足音が部屋の奥へと消えて行く。

何か起ったのだ。——こうなっては、変装ごっこなどしていられない。

そこへ、私と服を交換したボーイが駆けつけて来た。心配で、近くから様子を見ていたらしい。

「どうかしましたか？」

「中で何かあったらしい」

「何か、って……」

「分らん。誰かが殴り倒されたような音だった」

「そんな……。だから私はいやだと――」

ボーイは泣き出しそうな顔である。

「よせよ、おい！　服を取り換えたこととは関係ないぞ。――ドアは鍵がかかってる。合鍵はないか」

「マスターキーは、もっと偉い人が持ってるんです」

「急ぐんだ！　何か暴力沙汰があったらしい。手を貸してくれ」

「ど、どうするんです？」

「ドアをぶち破る」

「いけませんよ！　後で損害を――」

「じゃ、ホテルがドアの修理代をケチったために、助かる命が失われたと、新聞に書かれてもいいんだな？」

「脅迫しないで下さい。――分りましたよ」

ボーイは情なさそうに、「どうすりゃいいんです？」

「一緒に体当りさ。よく映画やＴＶでやるじゃないか。――いいか。一、二の三！」

二人で思い切りぶつかると、ホテルのドアは意外に脆いことが証明された。これなら、嫉妬に狂った重量級の人妻が夫の浮気現場を急襲しようと思えば、楽に蹴破れるかもしれない。

ドアが開いて転り込むと、目の前の床に、佐々本が倒れていた。

「おい、しっかりしろ!」

私が抱き起して揺さぶると、佐々本は低い呻き声を上げて、目を開いた。

「——何だ、君か」

「どうしたっていうんだ?」

「いや、急にあいつが——。おい、その格好は何だ?」

私はあわてて、

「いや、これにはちょっとわけがあって……」

と言いかけると、

「覗こうとしたな? こいつめ!」

「それよりどうしたっていうんだ?」

「例の〈照明〉さ。あいつが僕を急に殴りつけたんだ。畜生!」

「どこにいる?」

「出て行かなかったか? それじゃ奥にいるはずだよ」

佐々本はよろよろと立ち上った。

「私が見て来ましょう」

と、ボーイが奥の部屋へ入って行く。

「誰だ、あいつ？」

「本物のボーイさ。ちょっと服を交換したんだ」

「物好きな奴だな。行こう。あのボーイも殴られちゃ気の毒だ」

奥に寝室があって、かなり広いスペースに、ソファが置いてある。ボーイがキョロキョロして、

「誰もいませんね」

「隠れてるのかな」

「おい、〈照明〉って、一体誰だったんだ？」

「誰って、俺の知らない奴さ。著名人の別名ではなかったようだ」

「何だ、そうか」

「残念だったな。――おい、出て来い！」

「バスルームは？　覗いてみよう」

私は開けてみたが、「誰も隠れちゃいないぜ」

と肩をすくめた。

「変だな……。どこかにいるはずだ」

ボーイはベッドの下なども覗き込んでいる。私は部屋を見回して、

「洋服ダンスにでも隠れてんじゃないのか？」

と、歩いて行った。壁にはめ込んだ形式の洋服かけで、ブラインド風の隙間のある扉がついている。

「ここにおいでかな？」

私は扉をガラガラと開いた。――目の前に立っていたのは、安野佐保子だった。

「安野さん！　こんな所で……」

私は仰天した。佐々本も唖然としている。――が、何となく妙だった。

安野佐保子は、びっくりしたような顔で立っていたが、その目が、目の前の私を見ていないのである。

視線がどこか空中をさまよっているというか、焦点が定まっていない感じなのだ。

そして……急に私の方へと倒れかかって来た。

「わっ！」

と声を上げて、私は後ろへ飛びすさった。安野佐保子は床へそのままドサッと倒れ

て動かない。

「——おい」

と佐々本が言った。「血が出ているぞ」

私は急いで自分の体を見下ろした。

「馬鹿！　君じゃない。彼女だ！」

かがみ込んでみると、なるほど、腹から、血が流れ出て、絨毯へとしみ込んで行く。

「大変だ……」

佐々本はやっと自分を取り戻したといった様子で、安野佐保子へ駆け寄ると、しばらく手首をつかんだり、首に手を触れていたが、

「——こいつは、死んでるらしい。おい、ともかく、早く医者を呼ぶんだ！」

と怒鳴った。

「は、はい」

ボーイが電話へ飛びつく。

「どういうことだ？」

私は何が何やら、さっぱり分らなかった。

「──どうやら、刺されるかどうかしたらしいぞ」

「しかし、誰が？──それに〈照明〉はどこへ行っちまったんだ？」

「分らん……」

佐々本はため息をついた。

「まさか、彼女が〈照明〉だったんじゃあるまいな」

「男と女の区別ぐらいつくぜ。あれは男だった。間違いないよ」

そう言ってから、佐々本は私を見て、「僕は構わんがね、君のその服は元通りにしておいた方がいいんじゃないか？　警察に説明するのに、ちょっと骨が折れるぜ」

そう言えばその通りだ。私は急いでボーイをせっついて、服を互いに返して急いで着た。──全く金を出しただけ損をしちまった！

やっと服を着終えたところへ、ホテルの医者が飛び込んで来た。

3

「ああ、畜生！　一体どうなっちまってるんだ？」

私はアパートへ帰りつくなり、八つ当り気味にそう言った。

「落ち着けよ」

と佐々本の方は、さして興奮している様子もない。大体がそういう男なのである。

「悪い夢ならさめてほしいよ」

佐々本は苦笑した。

「役者のくせに、ありふれたセリフじゃないか。――おい、一杯飲もう。こんなときこそ酒が役に立つ」

「そうだな……」

私はグラスとウイスキーを持って来た。

もう朝になっていた。――警察で散々あれこれと根掘り葉掘り訊かれたのだ。

確かに、警察にしてみれば、我々の話をとても額面通りには受け取れないのも無理はなかった。――そもそも演劇の方面にはさっぱり詳しくない人間が相手だから、事の初めから説明しなくてはならない。

その後は幸い佐々本が引き受けてくれたが、私ではとうてい頑固頭の刑事に事情を飲み込ませることはできなかったろう。

しかし、それと納得させることとは別である。〈照明〉というコラム名の人物が、あの部屋から消えてしまったと言っても、それは刑事の我々を見る目に、不信の色を濃くしただけだった。

佐々本の、〈照明〉についての、〈四十代の、中肉中背の男で、髪は少し長め、黒メガネ、口ひげ、顎ひげで、顔そのものの特徴はよく分らない〉という説明は、頭から疑惑の目で見られていた。

しかし、一応新聞社へ問合わせて、〈照明〉というコラムが存在し、匿名批評のため、新聞社内にも、その〈照明〉氏に会った人間はほんの数人しかおらず、その供述する風態が、佐々本のそれと一致したので、やっとこうして一旦帰宅することを許されたのである。

「――参ったな、全く」

と、佐々本はグラスを手にして、言った。

「これでハムレットは打ち切りかな?」

と私は訊いた。

「分らん。主演級から逮捕者でも出ない限り、問題はないと思うがね」

そう言ってから、「例えば僕とかね」

と付け加えた。

「まさか!」

のは僕だけだからね」

「どうして？　大いに可能性はあるぜ、何しろ〈照明〉氏を除けば、あの部屋にいた

「だが、君に、彼女を殺す動機はない」

「そう。――不思議だな。彼女が誰かを殺したというなら分らんでもないが、なぜ、今殺されたのか……」

と佐々本は考え込んだ。

「どういう意味だい？」

「つまり、今、安野佐保子はみんなに叩かれていたわけだ。〈照明〉にやっつけられ、舞台を投げ出したことで、マスコミからは袋叩き。その彼女を今殺して何になる？」

「なるほど……」

私は肯いた。

「動機はともかく、状況としても奇妙だよ。〈照明〉はあの部屋から出て行かなかったのに、姿を消した。その代りに、安野佐保子が殺された」

「彼女は僕らがあの部屋へ入る前に殺されてたんだよ、きっと」

「そうじゃない」

と佐々本は首を振った。「まだ血が流れ出てたのを憶えてるだろう？　まだ刺され

たばかりだったんだよ」

「そうか……。じゃ、〈照明〉が彼女を？　でも、なぜ？　逆なら分るけど」

「そこだよ」

と佐々本が肯く。「彼女が、あそこにいたのは分る。おそらくどこからか、僕と〈照明〉があそこで会うことを聞き込んで、君と同様の手でボーイかメイドに鍵を開けさせ、あそこに早くから隠れていたのに違いない」

「〈照明〉の正体を知りたかったんだね」

「もちろんだ。——それはまあ無理もないがね」

「では、彼女が〈照明〉に襲いかかり、驚いた〈照明〉が、彼女と争っている内に刺し殺した。……これでどうだい？」

「僕はそれでもいい」

と佐々本は苦笑した。「問題は、警察がそれでいいかどうかだ」

その日はともかく昼の公演は中止になった。夜は予定通りと決った。

私は、萩原老人に、このことを知らせる役に選ばれて、病院へ行った。気の重い役だったが、抜けてもいい役者が行く他はないわけである。

老人は、ベッドの上で、ひどく老い込んで見えた。事件については、むろん知っていた。

「——彼女も、昔はあんなふうではなかったんだがね」

と老人は自分に言い聞かせるように言った。

「気の毒なことをしましたね」

「ともかく、今は舞台をきちんとやりおえることだ。公演はやり通すんだ」

「一応、今日の昼の部だけを中止にしました。後はやり抜く覚悟です」

「そうか……」

ベッドの中で、老人は疲れたように肯いて、

「それは止むを得んだろう」

と言って、目を閉じた。

「では、失礼します。またお見舞いに伺います。みんなもきっと——」

「いや、公演の方を……。見舞いはその後でいい」

老人の言葉は弱々しかったが、私の心を打った。

「——ご苦労だったね、宮本君」

このときは、訂正する気になれなかった……。

劇場へ行くと、舞台で演出の手直しの稽古(けいこ)が行なわれていた。私の出番ではないので、ぼんやりと眺(なが)めていたのだが、

「宮内さん」

と呼ばれて振り返ると、オフェーリアの小川厚子が立っていた。

「やあ。どうしたんだい?」

「ちょっと来て」

厚子は、いやに真面目(まじめ)な顔をしている。

厚子について廊下に出ると、彼女は周囲を見回して、低い声で言った。

「あなた、本気にしたのね!」

私は何のことか分らず、

「何をだい?」

「とぼけないで!——もう私は望んでたものを手に入れたのに、どうして今になってあの人を殺したりしたのよ?」

私は啞然とした。

「おい、冗談じゃないよ! 僕がやったと思ってるのか?」

「あなた以外に誰がいる?」

「待てよ。そりゃ君は彼女を殺してくれと僕に言った。でも、僕は本気にしちゃいなかったんだ。僕に人殺しなんか、できるわけないだろう」

「そう。それならいいのよ」

突然、ぶっきら棒にそう言うと、厚子は止める間もなく、さっさと行ってしまった。私は怒るのも忘れて、その後姿を見送っていた。

本気にしたのね、なんて勝手なことを言っているが、私に身を任せたとき、彼女が本気だったのは、まず間違いない。そうでなければ、私になど抱かれるはずがないのだ。

あの三文役者なら、言うことを聞かせられるに違いない、とそう思ったのだろう。——その証拠に、今やオフェーリアとして、脚光を浴びる身となったら、私のことなど、見向きもしない。

「全く、女って奴は……」

と愚痴りながら、劇場のロビーの方へ向って歩いて行った私は、ギクリとして足を止めた。

入口の所で、厚子が三人の男と話している、その相手には見憶えがあった。昨夜、散々あれこれ訊かれた刑事たちだ。

厚子は私のいる方を指さして、何かしゃべっている。刑事たちは肯くと、こっちへ歩いて来た。――私は焦った。

厚子の奴、警察にしゃべったのだ！

どうせ、都合のいいように脚色して、私が、

「あの女を殺してやろう」

と言い出した、とかいう具合になっているのに違いない。

ここで捕まったらどうなる？　厚子の証言、そして死体の発見者。――警察にとっては絶好の容疑者だ。いくら私が厚子の話を否定しても、人気急上昇中のスターと、兵士役の役者では、比較にならない。

刑事たちが近付いて来ると、思ってもいなかった恐怖が私の胸を締め上げた。手錠をかけられる瞬間の、その鉄の冷たさが感じられるような気がした。

刑事たちは、私に気づいていない。私は、柱に結びつけてあるカーテンの陰へと身を潜めた。

完全に隠れられないので、刑事が振り返れば見えてしまう。だが、刑事たちは通り過ぎて行った。私は息を殺して、その後姿が通路を折れて見えなくなるのを待った。

私はそっとカーテンの陰から出ると、出入口の方へと足早に歩いて行った。

厚子が、それを見ていたとは、全く気づかなかった。

「刑事さん!」

と彼女が叫んだ。「こっちです! 出口の所に!」

私は駆け出した。劇場を飛び出すと、一瞬迷ったが、すぐに地下鉄の駅へ向って走った。

しかし、走りながら、地下鉄の駅で追いつかれたら、とうてい逃げ切れないことに気づいた。といって、タクシーを拾おうにも、そう巧い具合に空車は来ない。

一か八かだ。私は地下鉄の駅へと飛び込んで行った。

〈安野佐保子殺しの容疑者逃走〉

新聞に出ている写真を見て、私は思わず笑ってしまった。

笑っていられる場合ではないのに、笑いがこみ上げて来る。——その写真は私が二十代の最初の頃に撮ったもので、ひどく気障な、スター気取りのポートレートなのである。

これを見て、今の私を識別できるものはあるまい。そう思うと、おかしくて仕方なかったのである。

しかし……本当に、笑ってはいられない。私は殺人容疑者として追われているのだ。逃げたのは、自白したも同様で、まずかったには違いないが、それを今さら悔(く)や(や)んでも始まらない。――今夜をどこで過すかが問題だ。

もう、夜も十時を回っていた。安い中華料理を食べ、三本立のポルノ映画館へ入っていたのだが、もう終映になってしまった。

週末ならオールナイトの映画館もあるのに、一体どこへ行こう?

大して金も持っていない。ついていないことに、あのボーイへやってしまって、ろくに残っていなかったのだ。

頼る相手とてない。――友人といえるのは、佐々本だけだが、今、彼を頼って行ってはいけない、と思った。彼は友人を売るような男ではないが、それだけに、私をかくまって、それが分ったら、役者生命は終りだ。

それだけは、どんなに困っても、やるまいと思った。

そうなると……。私には気の利いたホステスとの付合いもないし、女もいない。強いて言えば――小川厚子か。

私は笑った。小川厚子の所へでも行ってみるか。きっと喜んで一一〇番してくれるだろう。

夜の街をあてもなく歩いていると、雨が降り出した。弱り目にたたり目とは、このことだろう。警察に追われて逃げるのに、傘を持っちゃいけないからな……。

やっと、閉ったビルの軒先に逃げ込んだが、いい加減濡れて、寒かった。

「畜生！」

どうしてこんな目に遭わなきゃならないんだ？——そう思うと、無性に腹が立って来る。

そもそも、私は逃亡犯には向いていないのだろう。たちまちやけになって、捕まるなら捕まったって構うもんか、という気になって来る。どうせなら——そうだ、本当に小川厚子の目の前で捕まってやろう。あいつが正面きって嘘をつけるかどうか、見てやろう。

そう決心すると、私は、国電の駅へ向って駆け出した。

厚子の住んでいるのは、私のアパートといい勝負の安アパートである。急に有名にはなっても、まだ収入の方は変らない。

道路から、二階の部屋を見上げると、窓に明りが見えた。

階段を上りながら、警察が待っているかもしれない、という思いがチラリと胸をかすめたが、それならそれで手間が省ける、ぐらいの開き直りで、私は二階へ上った。

表札だけは変っている。前は〈小川〉という、サインペンの手書きだったのに、ちゃんと作らせた、〈小川厚子〉という、プラスチック板になっている。これだけは出世したわけだ。

私はドアを叩いた。――返事がない。もう一度、強く叩いた。やはり返事はなかった。

あまりドンドンやっていては、近くの部屋の人間が出て来るかもしれない。私はためしにドアのノブを回してみた。ドアがきしみながら開いて来る。

「何だ。――不用心だな」

私は中へ入った。「おい、いないのか?」

厚子の姿はなかった。捜すといっても、六畳と三畳というアパートだ。玄関から一目で見通せる。引出しにでも隠れているというなら別だが、どこかへ出ているのだ。

それなら待つか。――私は上り込んで、座った。ちょうどお茶の仕度がしてある。客でもあったのか、湯呑みが二つ。

そうか。すると、客を送って行ったんだな。それならすぐ戻るだろう。

私は新しい茶碗を出して、自分でお茶を注いだ。――濡れて冷えた体には、この熱さが実にいい。

「早く戻って来ないかな……」

こっちは開き直った強さがある。妙に図々しくなって、勝手に冷蔵庫を開いたが、ろくなものはない。

「女のくせに、何だ」

と文句を言っていると、廊下に足音がした。帰って来たな。——私は、ドアを見ていた。ドアを叩く音。してみると、厚子ではないのだ。

「小川君、いるかい？」

佐々本の声だった。「ちょっと話があるんだ」

私は降りて行って、ドアを開いた。

「——おい何してるんだ、こんな所で？」

佐々本は呆れ顔で言った。

「留守なんで、勝手に上り込んだのさ。まあ入れよ、ったって、僕の部屋じゃないがね」

「全く、何を考えているんだ」

佐々本は苦笑いしながら言った。「どうして逃げたりしたんだ？　やってもないのに」

　私は肩をすくめて、

「何だか、急に怖(こわ)くなった。——それだけだよ」

「分るような気はする。しかし、やっぱりまずいぞ」

「もうどうなってもいいよ。どうせ大した役者にゃなれないんだし」

「しっかりしろ！」

　急に佐々本が厳しい口調で怒鳴ったので、私はびっくりして、危うく茶碗を取り落とすところだった。

「君はそうやってすぐに諦めて投げてしまう。それが悪い所だぞ。いい役者とは、最後まで、もっとよくなるという気持を捨てない役者だ。君には充分見込みも素質もあるのに、最初から投げてしまっているんだ」

　私は佐々本の言葉に、頰(ほお)を張られたような気がした。

　こんな、追いつめられた状態だから、そう感じたのかもしれないが、ともかく、頭にかかっていたもやが吹(ふ)き払われるような気がしたのである。

「すまん」

と私は頭を下げた。

「僕に謝っても仕方ないよ」

「どうすればいいかな、これから？」

「ともかく、犯人を見つけることだ。それしか手はない」

「あの〈照明〉は？」

「手がかりなしだ。新聞社の方でも、本名や住所はつかんでいない。まあ、警察が本腰を入れて調べりゃ分ると思うが、巧い具合に容疑者が出来たから、調べる必要もなくなったわけだ」

「そうか……。しかし、小川厚子の帰りは遅いな」

「気をつけろよ」

と佐々本は言った。「彼女は相当なもんだからな。可愛く見えるが、やり手だよ」

「全くね。身にしみるよ」

と私は言った。「君はどうして来たんだ、ここへ？」

「彼女に呼ばれてさ」

と、うんざりしたような口調で、「もう三度目だよ」

「へえ」

「おい、妙に勘ぐるなよ。こっちは芝居の稽古なんだからな」

「稽古？」

「新しいやり方を思いついたから、すぐ来てくれってわけだ。全くこっちは疲れてるのに敵わんよ」

「そいつは熱心だな」

「ハムレットと違ってオフェーリアは途中で死んじまうし、立ち回りもない。こっちは出ずっぱりでくたくたなのに……。おい、どうでもいいが、彼女を待ってる気か？　彼女のことだ、すぐに警察へ駆け込むぞ」

「そうだな。――しかし、行く所がないんだ」

「何を言ってるんだ。僕の所へ来いよ。大丈夫、警察はいない」

「しかし……」

私はさっきの決心を思い出して、ためらった。「君に迷惑がかかる」

「友達だろ。そんなことを気にするな」

佐々本は軽く笑いながら、言った。私は胸が熱くなった。

「すまん」

「じゃ、外にいろよ。なあに、一時間もありゃ終るはずだ。――いいな？」

私は急いで厚子のアパートを出ると、手近な物陰に隠れた。

どこへ行っていたのか、厚子が買物の袋をかかえて、すぐに帰って来る。——何とも、私には憎らしい女には違いないが、それでも、役者として大成したいという執念、こうして佐々本を呼んで、毎晩でも稽古をしようという根性には、私も舌を巻かざるを得なかった。

私は最初から、自分を三文役者と決めつけていたのではないか……。

もう一度、第一歩からやり直そうと私は思った。——しかし、今は警察に追われる身である。まず、この事態を切り抜けることだ。

私は、やはり佐々本の友情に甘えることはできないと思った。これは私一人の問題なのだから。

私は歩き出した。どこへ行くというあてはなかったが、寝るぐらいなら、どこでも寝られる。雨も上っていた。

腹が減ったな。——大して運動したわけでもないのだが、金ももうほとんど……。

つい無意識に内ポケットへ手が行った。

「あれ?」

何かガサガサしたものが……。手を入れて、取り出してみる。金だ。

私はしばらくポカンとして立っていた。

「そうか……」

あのとき、ボーイの奴に金をやって、服を着替えた。そしてまた、死体を見つけたのであわてて交換した。ボーイは、この上衣に金を入れておいて、そのまま私へ返してよこしたのだ。

私は思わず笑い出したくなってしまった。

――運が向いて来たぞ！


その夜はホテルに泊った。一流ホテルというわけにはいかないが、一応の設備の整ったビジネスホテルである。

ぐっすりと寝て、翌日、昼近くに起き出した私は、ともかく佐々本が心配しているといけないと思って、彼のマンションへ電話をかけた。

しばらく鳴らしてみたが、誰も出ない。昨夜、結局厚子の所へ泊ったのかもしれないな、と思った。何しろ厚子は凄腕（すごうで）だ。

私は廊下の自動販売機で、ひげそりセットを買って来て、ひげを当った。大分、逃亡犯らしくなくなる。

髪を直そうとして、さて、くしがなかった。確か、上衣の反対側の内ポケットに……。

洋服かけに吊した上衣——のポケットへ手を入れる。

「あった、あった」

と、取り出して、私は目を見開いた。

それはくしではなかった。——ナイフだ。それも、刃に、何やら黒いものがこびりついている。

凶器のナイフだ。しかしどうして……。

「そうか」

あのボーイだ！　あいつが殺したのに違いない。——たまたまそこへ来合せたのではない。最初から、安野佐保子を殺すつもりで来ていたのだ。

いつ殺したのか？——我々が〈照明〉氏の姿を求めて、バスルームなどを捜しているとき……。あいつはあの洋服かけの扉の内側に、彼女がいるのを知っていたのだ。

そして、扉は、ブラインド状になっていて、隙間がある。

「畜生！　分ったぞ」

私は興奮していた。これを持って、警察へ行けば……。

「だめだ」

容疑者の私が、血のついたナイフを持って警察へ行ったら、どうなる？

向うの手間が省けるだけの話だ。私は頭に来てベッドへ寝転がった。

4

ホテルにこんなに大勢従業員がいるものだとは思わなかった。

交替制でもあり、大勢いるだろうとは予期していたが、それにしても……。

従業員用の通用口を見張っていた私は、長時間見続けている内に、目がおかしくなって来た。

どの顔も同じに見えて来る。目が二つで鼻と口が一つずつ。——当り前だ。

もういい加減にやめようかと思う度に、佐々本が私を怒鳴った言葉が思い出されて、もう少し頑張(がんば)ろう、と思い直した。

五時間、六時間となると、徐々にその決心も鈍って来る。足が棒を通り越して、くたびれた鉄骨みたいになって来た。曲げたら折れてしまいそうだ。

後十人。違う奴が通ったら、もう諦(あきら)めよう、と思った。——もしかすると、あいつは本物のボーイではなかったのかもしれない、とも思ったが、医者を呼べと言われて、すぐに内線のダイヤルを回したことから見て、やはり本物のボーイだろう。

それにしても、あんなことをやった後だ。もうホテルをやめているかも知れない。

一人、二人、三人……。十人までだ。十人まで。

七人、八人……。八人？

「あいつだ！」

思わず口走った。制服でないので、ちょっと分らなかったが、間違いない。あの男だ。

服を交換したときに、背広姿だったのを見ているから気がついたが、制服姿だけしか知らなかったら、おそらく見すごしていただろう。

私は男の後を尾けて歩き出した。――が、足がなかなか言うことをきかない。よろけたり、けつまずいたりして歩いて行くと、すれ違った人間たちが、みんな振り向いた。若い女の子たちなど、クスクス笑っているのが聞える。

人の気も知らないで、とはこのことだ。

男はタクシーを停めた。私もあわてて空車を捜す。幸運が多少はめぐって来たようで、すぐに空車がやって来た。

「あのタクシーの後について行ってくれ」

と乗り込むと、運転手が振り向いて、

「探偵さんか何かで？」

「女房の浮気の相手なんだ」

と私は言ってやった。

どこかで見たような場所だな。――私は車の外を見ながら、思った。何しろ土地鑑というものが全くない人間なのである。

つい最近、この辺に来たぞ、と考えてみるが、分らない。自分のアパートの近くでないことだけは確かだ。

「停まりましたよ」

と運転手が言った。

「――そうか、ここは……」

やっと分った。病院だ。――萩原老人が入院している病院だったのだ。

男は、病院の裏口から――それも面会人や患者の出入口でなく、職員用の通用口から入って行く。

どうも怪しい。私は、人目のないのを幸い、男の後から入って行った。

男は素早く左右を見回すと、そこに置いてあった、大きなかごの中から、白衣を一つ取り出してはおった。

なるほど、あれはきっと汚れて洗濯へでも出すように放り込んであるやつなのだろう。病院――それもこういう総合病院の中では、白衣の人間が一番目立たないに違いない。

男が階段を上って行く。私もさっそく真似をして、白衣を失敬した。

少々薄汚れて、白衣というより〈灰衣〉という感じだが、まあぜいたくは言えない。

階段を三階まで上る。やはり、萩原老人のところへ行くのだろうか？　老人の病室は三階なのだ。

あのボーイが、いたっていい度胸をしていることは認めざるを得なかった。

あたかも本物の医者であるかの如く、廊下を悠々と歩いて行く。その様子に騙されるのか、看護婦の方から、会釈までする。私は呆れてしまった。――いや、もっと驚いたことに、看護婦が私にまで会釈するのである。白衣の威力は大したものだと思った。

男は、萩原老人の病室の前で足を止めた。そして素早く周囲へ目を向ける。見られたかと一瞬ヒヤリとしたが、やはり白衣のおかげか、気づかれずに済んだようだ。白分がそれで人の目をごまかしているのに、他人のことは気づかないのだから、愉快なものだ。

男が病室へ入って行った。——どうすればいいだろうか？

まさか看護婦に化けるわけにもいかないだろう。仕方なく、私はそっとドアへ近づいて、聞耳を立てた。

一向に、話し声らしきものは聞えて来ない。何をしているのだろう？

じっと耳をそば立てていると、低い呻き声のようなものが聞えて来る。——萩原老人か？

放っておくわけにはいかなかった。私はドアを開けた。

男がハッと振り向く。枕を老人の顔の方へ押しつけている。

「こいつ！」

私は飛びかかった。もつれ合って床へ転がる。何やら器具をのせた台にぶつかって、台が引っくり返って派手な音を立てた。

男の方が体力は上だった。役者というのはかなり鍛えてあるものだが、兵士役専門ではあまり体力も必要としない。

私は弾き跳ばされて部屋の隅まで転がった。男が、ナイフを取り出した。私はそこにあった大きな酸素ボンベを持ち上げ――ようとしたが重くて、とても持てるものではない。仕方なく男へ向って転がしてやった。

それがよかった。私へ飛びかかろうとしていた男は、ボンベにつまずいて、前のめりに、もろに倒れた。

すぐに起き上った男を見て、私は、

「わっ!」

と声を上げた。

転んだはずみで、手にしていたナイフで、自分の胸を刺していたのだ。血が溢れるように流れて、男は、目が飛び出しそうなほど大きく見開いていたが……やがて、仰向けに倒れて、動かなくなった。

残念ながら、私はすぐに英雄になったわけではなかった。

何しろ、結果だけを見れば、萩原老人は殺されかけて意識不明、一人がナイフで胸を刺されて死んでいる。私がやったのではないと言っても、証拠は何もないのだ。

しかも、私が殺人容疑の逃亡犯と分ると、地元の警察は、全く私を犯人扱いし始めた。それも状況から言えば当然かもしれないが。

やっと萩原老人が意識を取り戻し、自分を殺そうとしたのが、ナイフで死んでいる男の方だと確認して、やっと見る目が違って来た。

夜になって、佐々本たちが駆けつけて来たが、老人は佐々本を一目見て、

「舞台を放り出して来たんじゃあるまいな?」

と訊いた。

「大丈夫。ちゃんと終らせてから来ました」

と佐々本は笑って、「その元気なら、大丈夫ですね」

と言った。小川厚子もついて来ていた。

「早く元気になって、私のオフェーリアを見て下さいね」

と老人の手を取る。

「ありがとう……。明日までだ。しっかりやってくれよ」

舞台のことしか言わない人だ。「――佐々本君」

「はあ」

「舞台は常に完全なものにしておいてくれよ、いいね」

「分っています」

「今は完全ではないだろう」

「どこが欠けていますか？」

と佐々本は驚いたように訊いた。

老人は私を見て、言った。

「兵士の役が一人足らないはずだ」


最終日の公演は、全く力のこもった、いい芝居になった。

佐々本のハムレットも、公演を通じて徐々に熟して来たのか、ここで一つの完成を見たと言ってもいいだろう。

色々と事件に引っかき回されたがそれも却って話題作りには役立ったようで、最終公演も満員の盛況だった。この分では近々再演ということになるだろう。

カーテンコールで、佐々本や小川厚子らの主役級が何度も呼び返されるのを、私は舞台の袖で眺めていた。

花が飛んで来る。佐々本と厚子へは花束を持って来る若い女性が後を断たなかった。

「――おい！」

一旦、舞台から引っ込んで来た佐々本が、花束をかかえて私の方へやって来た。

「花を持ってやるよ」

と手を出すと、佐々本は、

「違うよ。全員、カーテンコールに出るんだ」

「全員?」

「そうさ」

「兵士まで?」

「全員さ。監督(かんとく)の命令だぞ」

今は佐々本が責任者である。――舞台一杯に出演者が並んで拍手を受ける。いい気分だった。――役者というのは、この瞬間のために、必死で演技しているのかもしれない……。

舞台から袖へ出て来た私は、ギクリとした。目の前に、あの刑事たちが立っていたのだ。

「今日はあんたに用じゃないよ」

と刑事がニヤリと笑った。

「そう聞いて安心しましたよ」

と私は言った。「もう逃げる気はありませんがね」

「その必要はない」

「あのボーイ、どうして萩原さんを殺そうとしたか分りましたか？」

「それは犯人に訊くんだ、これからね」

「これから？」

「表にいる。我々のことは誰にも言わないでくれ」

「分りました……」

刑事たちが通路の方へ行ってしまうのを、私は当惑しながら見送った。〈犯人〉とは誰のことだろう？

「宮内さん」

声に振り向くと、厚子が立っていた。

「やあ、とてもよかったよ」

「ありがとう。――ごめんなさいね、あんな目に遭わせて」

「もう済んだことさ」

「そうはいかないわ。――申し訳なくって」

「いいってば。君は自分の役のことを考えるんだね」

こんなセリフが自然に出て来るのは、やはり役者というものなのだろうか。

「今、誰かいたわね。あなたのファン？」

私は思わず笑って、

「手錠を持ったファンさ」

と言った。厚子の顔が曇った。

「まあ。——そうなの？　いやね。まだごたごたするのかしら？」

厚子は、楽屋の方へ姿を消した。

客がぞろぞろと帰って行く。——我々にはむろん、後の片付けや、その後の打ち上げが待っている。

舞台を片付けていると、空の客席を、あの刑事たちがやって来るのが見えた。

「おい、小川厚子はいないか？」

「小川君？　楽屋にいませんか？」

「いないんだ。誰か見なかったか？」

刑事の声は緊迫していた。

「刑事さん。まさか……小川君を……」

「彼女があのボーイにやらせたのさ。二人は関係があった。証言もある」

私は唖然とした。

「それじゃ……。しまった！」

「どうした?」

「あなた方がいる、と——」

「しゃべったのか? 畜生! 客に紛れて出たんだ。おい、急ごう!」

刑事たちが走って行く。その場にいた者は、全員、呆然として突っ立っていた……。


「ご苦労だった。評判は聞いたよ」

ベッドの上の萩原老人は、大分具合がよさそうだった。——病室には、私と佐々本だけがいた。老人はそう希望したのだ。

「実は——」

と佐々本が言った。「小川君が……」

「分っとるよ」

私たちは顔を見合わせた。

「ご存知だったんですか?」

「あの子は才能があるのにな……。惜しいことをした。私のことだけならともかく、私の妻を殺したとなると……」

「先生の奥さん?」

「安野佐保子は私の妻だったのさ」

私は唖然として言葉もなかった。

「さっぱり分らないよ。〈照明〉氏はどうなったんだ？　あのホテルで安野佐保子を殺したのは、例のボーイだった。しかし、〈照明〉が姿を消したのは？」

私がやけ気味に言うと、佐々本は笑って、

「まあ、落ち着けよ」

と、私のグラスへウイスキーを注いだ。

佐々本のマンションへ来ていた。従ってウイスキーも高級品だ。

「君には謝らなきゃならん」

と佐々本は言った。

「何のことだい？」

「あのとき、ホテルの部屋には、もともと僕一人しかいなかったのだ」

「というと？」

「僕が〈照明〉だからさ」

私はしばらく佐々本の顔を見つめていた。

「――冗談だろう」

「本当だよ。――もちろん先生も知らなかった。そして、あの日、僕に〈照明〉と会ってくれと言うわけだ。僕は困った。ただ会いましたと言ってもいいが、それじゃ先生を騙すようで気がとがめる。そこで、部屋を借り、証人として君を連れて行った」

「役者らしい発想だな」

「それは今思えば奥さんのためだったんだな。彼女が、ともかく何としても〈照明〉に記事を撤回させたかったのだろう。先生も仕方なく僕にそれを頼んだ」

「なるほど」

「ところが、彼女はそれだけでは気が済まない。是が非でも〈照明〉の顔が見たくてたまらなかった。そこで先生から、ホテルのことを聞き出すと、一足先に行って、洋服かけの中に隠れていたのだ」

「そこへ小川厚子がどう絡んで来るんだ?」

「小川君にとって、もう安野佐保子は怖い存在ではなかったはずだ。ところが、おそらく病院へ一人で先生を見舞いに行った小川君は、病室のドア越しに話を聞いて、先生と安野佐保子が夫婦だと知った。――これはショックだったろう。あの新聞を見せたのが自分だとばれれば、先生が自分を追い出すだろうと思った。それに安野佐保子だって仕返しに出て来るに違いない」

「それで殺そうと……」

「うん。あそこのボーイとはもともと知り合いだったらしいね。――もっとも彼女は発展家だから、ボーイフレンドには事欠かない。安野佐保子があのボーイのいるホテルへ行くのを尾行して、彼女の考えていることに気づくと、これこそチャンスだと思った。あのボーイはまだ出勤前だったろう。さっそく話を持ちかけ、金か色仕掛か……まあ両方だと思うがね、殺人を承知させた」

「では、あのとき、君が部屋でのびてたのは一人芝居だったんだな？」

「その通り。――だって、仕方あるまい？　ドアの外の声は、すぐ君だと分った。こうなると、うまくごまかさなくてはならない。倒れたふりをしていれば、君がびっくりして人を呼びに行く。その間に〈照明〉は帰っちまったことにすればいい」

「やってくれるね！」

「ところが、君は一人じゃなかった。それで、その筋書が通用しなくなっちまったのさ」

「そしてあのボーイが、洋服かけの中の安野佐保子を刺して、凶器をポケットへ入れた。どうせまた僕と服を交換すると分ってたからだな」

「そして小川君が君のことを警察へ通報したというわけだ」

「女は怖いね」

と私はため息をついた。「しかし、どうして、先生まで殺そうとしたんだろう?」

「やはり、安野佐保子へ新聞を見せたのが、自分だと知れるのが怖かったんだと思うね。それに先生がいなくなれば、後は自分と僕とで、あの劇団を思いのままにできると思ったんだろう」

「そうは問屋がおろさなかったってわけだな」

「相変らず表現が古くさいね、君は」

と佐々本は笑った。

電話が鳴った。

「はい。——君か。どこにいる?——よし、分った」

受話器を置いた佐々本の顔は厳しかった。

「小川君だ。劇場へ来てくれ、と言ってる」

「どうする?」

「君は?」

私たちは立ち上った。

夜の劇場は寂しいものである。——裏口が開いていた。

楽屋から、私たちは、ぽっかりと暗く広がる舞台へ出た。あの華やかな照明のない舞台は、まるで深い洞窟のように暗かった。

「明りをつけよう」

佐々本が、舞台の照明のスイッチを入れた。

——小川厚子は、舞台の中央に倒れていた。

胸にナイフを突き立てて、死んでいる。

オフェーリアの衣裳を着ていた。

「死ぬときも、観客が欲しかったのか……」

と佐々本は彼女を見下ろして言った。

「役者だったんだな」

と私は言った。

「ご苦労さん!」

と声がかかる。

「どうだった？」

私はこわばった声で、佐々本へ訊いた。足はガクガクするし、冷汗でびっしょりだ。

初めてセリフのある、それも準わき役クラスの役をもらっての初舞台だった。

「よかったよ。本当だ」

と佐々本は言った。

「セリフは聞き取れたかい？」

「少し早口になったね。しかし、はっきりしていた」

私はホッと息をついた。

「〈照明〉氏にしちゃ、甘い評だな」

「あれか。自分が出ているときには、別人にあのコラムを任せることにしたんだよ」

「へえ」

「やっぱり自分のことは書きにくいからね」

佐々本はニヤリと笑った。

三日後の夕刊に、〈照明〉の評が載った。

私のことも、一応は賞(ほ)めてあった。

〈期待できる新人〉と書いてある。しかし、読み直して、私はくさった。
私の名前が、〈宮本〉になっていたからである。

『脱出』

1

「あばよ、探偵さん」

見るからに悪党面をしたギャングが、ニタリと笑って、巨大な水槽の縁に転がされていた探偵を足でぐいと押した。

後ろ手に手錠をかけられ、さらに鎖でぐるぐる巻きにされた上、足首も揃えて鎖で縛られ、南京錠までついているという、何とも惨めな状態の探偵は、為すすべもなく、水槽の中へと水しぶきを上げて落ちて行った。

ギャングの手下に押えつけられたか弱き美女が、

「やめて！」

と金切り声を上げる。「人殺し！」

「何とでも言いな」

とギャングはニヤニヤしながら、美女へ近付いた。

「あのにやけた野郎が今度浮び上って来るときは、ふくれ上った土左衛門だからな」

美女はギャングへ殴りかかろうとするが、大の男に押えつけられていては身動きも取れない。

「そうにらむなよ。あんなやさ男よりは、この俺さまの方がずっと男らしいぜ。どうだい？　言うことを聞けば命が助かっていい思いができるんだぜ」

「誰があんたなんか――」

そのとき水槽の水面が泡立ったと思うと、探偵が水面に頭を出した。――ギャングたちは一向に気付かない。探偵はそっと水槽から這い上った。

手も足も、完全に自由になっていた。

探偵が飛びかかった。呆気に取られたギャングたちは、抵抗するすべもなく、アッという間に水槽の中へと放り込まれた。

「助けてくれ！」

ギャングがアップアップしながら悲鳴を上げた。「俺は泳げないんだ！」

探偵はそれどころではなかった。輝くばかりの美女を抱き寄せて、しっかりと抱擁しなくてはならなかったのである。

音楽が高鳴って、カーテンが降りる。拍手が湧き上った。

「皆さん、ただ今の、脱出に要したタイムは、三十二秒であります！」

アナウンスが場内を圧するように絶叫すると、拍手は一段と高まった。

「いつも思うんだが……」

中尾旬一は、ブランデーのグラスを目の前にかざしながら言った。

「観客の中に、本当にかかったタイムを計っている者はいないのかな？　僕の腕時計には秒針がないので正確には分らんが、感じでは四十秒はかかっていたと思うが」

「四十二秒だ」

〈脱出王〉北天堂はそう言って微笑んだ。

「アナウンスはいつも十秒、サバを読むことにしているんだ」

——ほの暗い、柔らかな照明、低く流れるチェンバロの演奏に乗ったバロック音楽の調べ。

北天堂の住むマンションの広間は、極めて心地よいサロンに変じていた。

私は、長年の友人、中尾旬一と、この北天堂——もちろん、これは芸名だろうが——とが、旧知の間柄(あいだがら)であるということが、どうにも信じられなかった。
比較的共通していることと言えば、年齢(ねんれい)がどちらも四十代の初めだということぐらいだろう。それ以外は、およそ正反対の二人だった。

北天堂は、もちろん職業柄、鍛(きた)えてあるに違いないが、細身で、背は中ぐらい、運動選手のように、引き締(しま)った体と、敏捷(びんしょう)さを一見して見る者に感じさせた。

これに引きかえ、わが友、中尾旬一は、大分腹のせり出したずんぐり型の体型で、いささか額ははげ上っているが、童顔のせいで、何とかバランスが取れているというところか。

「君の脱出のテクニックはみごとなものだ」

と中尾が言った。人をめったに誉(ほ)めたりしない、皮肉屋の中尾にしては珍(めずら)しい言葉である。

「ただ、それを引き立てるショーの方が今一つだね。演出に工夫すべきだよ」

「君の言う通りだ」

と北天堂は肯(うなず)いた。「僕もその点はよく分っているんだが、残念ながら、有能なスタッフというのは、なかなか集められないものなんだよ」

「もちろん、今でも君は充分に人気者だ」

中尾は言った。「しかし、もっといいスタッフがつけば、更に人気が出るよ」

「君が知恵を貸してくれると、ぐっとスリリングになると思うがね」

と北天堂が言った。私は口を挟んだ。

「おやめになった方がいいですよ。この男にやらせたら、本当に脱出不可能にして殺してしまいますよ」

中尾はからかうように、

「谷川君は早く僕の〈最後の事件〉を書きたがっているのさ。どの探偵も〈最後の事件〉では犯人にされるからね」

と笑った。

「犯人って、何のお話ですの？」

とやって来たのは、さっきギャングたちに捕えられていたうら若き美女——北天堂の妻の咲代である。もちろん実際の年齢は、すでに三十代も半ばと思われたが、舞台映えのする、若々しい華やかさが備わっている。

「中尾さんはお久しぶりですわね。相変らず犯罪を追いかけてらっしゃるの？」

「その言葉は心外ですな、奥さん」

と中尾は持前の気取った口調で、「犯罪の方で私を追いかけて来るのです」

と、〈中尾語録〉にでも収録したいようなことを言った。

「こちらの方は初めてお目にかかりますわね」

咲代が私の方を見て言った。北天堂が、私を紹介してくれた。

「名探偵にはつきもののワトスン役でして」

と私は咲代に会釈した。

「飲物が足りなかったら、持って来させろよ」

と北天堂が言った。

「そうするわ」

と、咲代が台所の方へ消える。私は、北天堂が、妻を追い払いたかったような、そんな印象を受けた。

「さて、ちょっと他の客の相手をして来る。まだいてくれるね？」

「金はないが暇ならたっぷりある」

と中尾は言った。——北天堂が行ってしまうと、彼が妻を追い払ったような印象を受けたことを私は中尾に言ってみた。

「その通り」

と中尾は肯いた。「妻を君から遠ざけたかったのさ」

私は冗談だろうと思って笑った。だが、中尾は真顔で、

「本当だよ。北の奴は、えらく嫉妬深いんだ」

「北……。じゃ、北天堂っていうのは本名なのかい？」

「そうとも。ちょっと変った名前だろう？ ついでに性格も変っている。猛烈に自意識が強い。用心したまえ。あの夫人には馴れ馴れしくしないことだ」

私は戸惑って、

「別に手も握っちゃいないよ」

と抗議した。中尾は微笑んで、言った。

「握って、キスでもしていたら、今頃君の目の周りはアザができていると思うね」

「そんなにひどいのかい」

「あの舞台で彼女を押えつけるギャング役がいるだろう。あの役をやる人間は年中かわってるんだ。彼女に触れる手つきに、すぐに疑いを抱いて追い出しちまうのさ」

私は呆れて物も言えなかった。――中尾は続けて、

「まあ、夫人の方も、多分に浮気っぽいところがあってね、噂された男も何人かいる。亭主が嫉妬深いから浮気っぽくなったのか、女房が浮気っぽいから亭主が嫉妬深くな

ったのか、その辺は微妙なところだがね」

——話が途切れて、私は広々とした部屋を見回した。

客は十人ほどで、今日で終った公演の打ち上げということなのだろう、演出家だの、照明や装置の責任者だのが出席していた。

「妙だな」

と中尾が呟いた。

「どうしたんだい？」

「咲代夫人さ。——台所へ入ったきり、さっぱり出て来ないんだ」

「つまみでも、作ってるんじゃないのか」

「どうかな」

中尾の口調は、どこか意味ありげだった。

「おい——」

と私は言いかけて、言葉を切った。北天堂が、グラスを手に、台所の方へと歩いて行ったのだ。中尾はグラスを置くと立ち上って、自分も台所の方へ歩き出した。

「おい、北——」

と中尾が声をかけたとき、北天堂は台所へのドアを開いていた。グラスが割れる音がした。それも一つや二つではない。

派手な音に、一瞬、客たちも顔を見合わせていた。私は急いで駆けつけた。

——台所の床に、十個近いグラスが砕けていた。そして、咲代と、彼女を抱き寄せるようにして、三十歳ぐらいの青年が立っていた。いかにも遊び人というスタイルで、どこか崩れた感じがある。

その二人を見つめて、北天堂が足を踏みしめて立っていた。手にしたグラスは握りしめられて、今にも砕けそうだった。

「グラスが割れるぞ」

中尾が言った。「大切な手をけがしたいのか」

北は、ふっと我に返った様子で、手にしたグラスを下ろすと、そっと傍のワゴンに置いた。それから青年の方を見て、

「君を呼んだ憶えはないが」

と言った。青年は軽く肩を揺って、

「招かれなくても来る資格はあると思うな。奥さんの恋人なんだからね」

当の夫の前で、こうも図々しく言い切る度胸も大したものだと思った。

「帰れ！」

北は怒りで顔を紅潮させて怒鳴った。

青年の方は一向にひるむ気配もなかったが、咲代が低い声で、

「今日は帰って。——ね」

と頼むと、ヒョイと肩をそびやかして、その青年は、

「じゃ、今日はまあ失礼するか」

と歩きだした。

北のわきを通り過ぎるとき、何か起るのではないかと、集まって来ていた客たちも息をつめたが、何事もなく、青年は出て行った。——玄関のドアが開いて、また閉じた。

不思議なことに、そうなると北天堂は、ガラリと愛想良くなって、

「どうも失礼しました。さあ、まだ早いですよ。ゆっくり飲みましょう」

と、客たちを広間の方へと戻した。咲代の方もさっさと、割れたグラスを片付け始める。

この夫婦揃っての変りようには、私は少々呆気に取られた。

「——今の男は何者だい？」

広間へ戻って、私は中尾へ訊いた。

「あれか。まあよくある金持のドラ息子というタイプだな。確か大路拓也とかいったはずだ」

中尾の記憶力は人並み外れたものがある。

「奥さんの恋人なのかい」

「そうらしいね。しかし、お互い遊び相手だということは承知のはずだ。少々危険な遊びだがね。——私ならどんな美女にでも、命をかける気はしないな」

中尾は皮肉っぽい微笑を浮かべた。

私は何となく釈然としない気分で、客と談笑している北天堂を眺めていた……。

それから二週間ほどたって、私は、中尾から、

「知人の別荘へ行くから一緒にどうだ」

と誘われて出かけて行った。

何か事情でもなければ決して誘ったりしない中尾である。行くのを断る手はなかった。

中尾は、黒塗りのハイヤーで優雅にやって来た。

「どこへ行くんだい？」

と私は後ろの座席にゆったりと腰をおろして、訊いた。

「大路家の別荘さ」

「大路？」

私はもう忘れてしまっていた。「誰だったかな」

「君の物忘れの才能には感服するよ」

中尾は真顔で言うと、「〈脱出王〉北天堂の家でのパーティを忘れたのかい？」

そこまで言われれば、いくら私でも思い出す。

「そうか。あの夫人の恋人だな。大路……」

「大路拓也だよ。もっとも、もちろん彼自身の別荘じゃない。親の別荘だが、親はほとんど使わなくて、専らあのぐうたら息子の遊び部屋になっているらしい」

「一部屋分けてほしいね」

と私は言った。「しかし、どうして僕らが招待されたんだい？」

「それはした方に訊いてくれ」

と中尾は言った。「ともかく、分っているのは、大路拓也が、北天堂を招待していることだ」

「北天堂を？」

私はびっくりして訊き返した。「当然奥さんもだろうね」

「そりゃ、夫人もいるに決ってる」

「ふーん。しかし、金持の息子か何か知らんけど、度胸のほどは大したものだねえ」

と私は言った。

「人間、勝利者になると余裕ができて来るものさ」

「勝利者？――誰のことだい？」

「何だ君は知らないのか？」

「何を？」

「北天堂と咲代は離婚したんだぜ」

私は目を丸くした。

「それじゃ、大路のせいで？」

「そういうことになるだろうな。現に彼女は大路と暮しているんだから」

「呆れたな！」

私は物も言えないという気分だった。

「まあ、法律上のことがあるから、すぐには結婚できないわけだがね。しかし、すでに夫婦同然に暮しているというわけさ」

「で、そこへ北天堂を招いたのか？」

「その通り」

「どういう神経だい、一体！」

「それよりどうもいやな予感がするのさ」

と中尾は言った。

「何が……」

「予感さ。ただの、漠然とした……」

中尾は、いつになく深刻な表情で、そう呟いた。

2

「よくおいで下さいましたわね」

と、出迎えた咲代が、笑顔で中尾の手を取った。——大路に合わせようというのか、えらく若々しい化粧に、パンタロンスーツ姿だったが、無理にそうすることで、却って老けた印象を与える結果になっていた。

「やあ、元気そうだね」

と、中尾はいつに変らぬ笑顔を見せたが、私の方はどうにもそこまで寛大にはなれず、引きつったような微笑を浮かべただけだった。

別荘といっても、山小屋風のちっちゃな造りとは違って、ちょっとした邸宅ほどの広さがあり、少なく見ても三十人近い客が集まっていた。

もうすっかり夜になっていた。林をわたる涼しい夜風が、開け放したテラスから、広い室内へ流れ込んで来た。

その広間の入口まで私たちを案内して来た咲代は、そこで足を止めると、ちょっとためらいがちに口を開いた。

「あの……お話があるんです。ちょっと来ていただけません?」

私と中尾は顔を見合わせ、廊下の奥へと歩いて行く、咲代の後をついて行った。

進んで行くにつれ、ペンキの匂いが強くなって来る。

「塗りかえているんですか?」

と私は訊いた。

「はい。この別荘を私たちの家として使おうということになりまして。こっちの部屋を改造しているんです。ペンキ臭くてすみませんけれど、ここなら誰も来ませんから」

彼女は、私たちを、庭の方へと張り出した格好の小部屋へ案内した。ガラス窓から庭を眺められるようになっており、小さな長椅子(ながいす)とテーブルがある。

「――実は、あなた方をお招きしたのは、私なんです」

と、咲代は、長椅子に腰をおろすと、口を開いた。

「今夜は言わば――私と大路の披露宴(ひろうえん)ということになっています」

「なるほど、式はまだ？」

「挙げるつもりはありませんの」

と咲代は言った。

「今さら式でもない、というわけですか？」

と私は訊いた。

「いいえ」

咲代は首を振(ふ)った。「私、大路と結婚するつもりはありません」

私は訳が分らなかった。中尾はじっと咲代を見つめながら、

「つまり、大路は、あなたが北と別れるための口実だったんですな」

と言った。咲代は肯いた。

「その通りです。――北は、悪い人ではありませんでした。天才かもしれません。で

も、天才と暮して行くのは、疲れます」

中尾は黙って肯いた。咲代は続けて、

「私、もうノイローゼになってしまいそうでした。あの人の嫉妬深いのには、殊に悩まされました。ありもしないことを、あれこれと疑い、勝手な想像をしては、それが本当のことのように思い込むんです。——もう、堪えられませんでした」

「それで、大路が言い寄って来たのに飛びついて、北と別れた」

「はい、そうです」

「北が、よくすんなりと離婚を承知しましたな」

「それは意外でした」

と咲代は肯いた。「私一人で、ホテルに一泊して、翌朝帰り、大路と泊った、と言ったのです。——殴られるか、殺されるかもしれない、と思っていました」

「北は何と？」

「黙って話を聞いてから、『別れたいのか？』と訊ねました。私がそうだと言うと、すぐに弁護士を呼んだのです」

咲代は首を振りながら、「私、却って不安になりました。あの人が何を考えているのかさっぱり分らなかったからです。こんなはずはない、何かあるに違いない、と思いました……」

「それで？」

「でも……ともかくここへ来て、大分気分は落ち着きました。大路も、怠け者ですが、性格は決して悪い人じゃありません。——ところが、今夜のこのパーティに、北を呼んであるのが分ったんです」

「なぜそんなことを？」

「私がびっくりして訊くと、『彼も男だ。気持よく祝福しに来るさ』と言うんです。どうやら、前の恋人と新しい恋人が憎しみを捨てて握手し合う、といった場面に憧れているようなんです」

「坊っちゃんですな」

「ええ。いくら私が言っても、もう招待してしまった。この一点張り。それで、私の方も考えて、あなた方をお招きしたわけなんです」

中尾はちょっと間を置いて、言った。

「あなたとしては、何か起りそうだと心配なのですな」

「ええ。——北はそうあっさりと憎しみを水に流してしまえる人ではないんです。招待を無視して、来なければいいんですが、万一やって来たら、どういうことになるか……」

「心配は分ります」

「お願いします。もし北が来ましたら、馬鹿な真似をしないように……」

「できるだけそばにくっついているようにしましょう」

と、中尾は言った。

「——あんなことを言って、大丈夫かい？」

と私は、広間に入ってから、中尾へそっと言った。

「できるだけのことはする。いかにしても、止められんことというのはあるものさ」

中尾は、何ともつかみどころのない口調でそう言った。

パーティの客は、大路の交遊範囲を示していて、大体が、同類の金持の息子や娘と、その恋人たちで、私たちのような類の、〈貧乏人〉はさっぱり見当らなかった。

その代り、出ている酒やつまみは最高級の物ばかりで、それをまた、みんないとも無造作に飲み、かつ食べているのである。

北天堂は、姿を見せていなかった。どんなお人好しでも、逃げた女と他人の男とのパーティへ、のこのこ出かけて来るはずはあるまいと私は思った。

しかも、まだ二週間もたたない——後で聞いたところによると、この日が、一週間目だったのだそうだ——のだから。

最初の内は私も中尾のそばにいて、新しい客が来る度に、入口の方を見ていたのだが、その内、珍味と銘酒を味わう方に気を取られ、監視の方はすっかりお留守になってしまった。

大路は友人たちとしゃべっていて、私たちのことには、気付いてもいないようだった。

私が正真正銘のスコッチにため息をついていると、

「あんた、誰？」

と女の声がした。見れば、二十五、六の女が、かなり酔いが回っている様子で、いささか足のもつれそうな具合。

「僕は、ちょっとした知り合いさ」

と私は言った。——なかなか可愛い顔立ちの女性だった。

「知り合い？　拓也の？　それともあの女の？」

奥さんの——と言いかけて、ちょっと困り、

「女性の方のさ」

と答えた。

「へえ、あのあばずれの？　元の亭主か何か？」

女は嫌悪を露わにしていた。

「それほど親しい仲じゃないよ」

「そう。――私、リカよ。あんたは？」

「谷川」

「魚、釣れる？」

そう言って、リカという女は一人でケラケラと笑った。

「大分ご機嫌だね」

と私は苦笑しながら言った。

「ええ、気分最高よ！」

リカという女はぐいとカクテルを飲み干した。「――何しろ恋人を盗まれちまったんだものね。これでご機嫌になんなきゃ嘘ってもんよ」

「恋人を？――すると君は……」

「よしてよ、学校の先公みたいな言い方は。『すると君は』だなんて。――ええ、私はね拓也の女だったのよ。週末は大てい一緒でさ、ここにも何度も泊りに来たのよ。それなのに拓也ったら――」

リカは目をキッと吊り上げて、「あの女が悪いのよ！」

と語気を荒げた。

「あんな婆さんのどこがいいのさ？　フンだ、今に思い知らせてやるから」

どうやら、まだ大路拓也のことを想っているようで、専ら、悪いのは咲代の方だと決めている。

「穏やかでないね」

と私は言った。

「あんたの商売何なの？」

「商売？——そうだなあ、何と言うか……探偵助手、とでも言うかな」

「探偵？」

リカは目を丸くして、「プライヴェート・アイなの？」

「よくそんな言葉を知っているね」

「私、こう見えても、探偵小説の大ファンなのよ」

と興味津々という顔で、私をまじまじと見つめるので、こっちは参ってしまった。

「助手ってことは、本物の探偵さんがどこかにいるの？」

「あそこだよ」

私は、入口の近くに陣取って、相変らず見張りを続けている中尾の方を顎でしゃくって見せた。

「あの太った人？」

リカは目を細めてじっと見ていたが、「そうね、確かに、閃きのありそうなタイプだわ」

と肯きながら言った。

「何か調べに来たの？」

「別に。ただ招待されただけさ」

「何だ、つまらない。——でも、名探偵の行くところ事件あり、よね。違う？」

「ないに越したことはないがね」

「そう？　面白いじゃないの。自分さえ被害者にならなきゃね」

こいつは正に名言だ、と私は思った。

そのとき、私は、入口に、見憶えのある姿を認めてハッとした。——北天堂が、やって来たのだ。

そのとき、咲代は大路と一緒にいて、大路の友人たちと話していたが、他の人間には感じられない何かが、彼女の注意をひいたようだった。

咲代が入口の方を見て、息を呑むのが、遠くからも分った。その様子に気付いて、大路が何か問いかけた。そして、大路も、北に気付いた。

——何となく、広間が静かになってしまった。みんなが入口の方へ目を向ける。

北は、黒のタキシードに、蝶ネクタイという、よく似合ったスタイルだった。

その表情までは、私のいる所からではうかがい知ることはできなかったが、一分の隙もないそのいでたちと、いかにも洗練された、そのスタイル以外にも、客の注意を引きつけるものが、北にはあるようだった。

「あれ、誰？」

とリカが小声で訊いた。

「彼女の前のご主人だよ」

と私は言った。

「へえ、面白い！」

リカが目を輝かせた。

大路が、足早に北の方へと歩いて行った。私はグラスを傍のテーブルへ置いて、入口の方へ歩き出した。中尾も、すでに北のすぐわきへと近付いていた。

あれで北がナイフか何かを取り出して、大路を刺したら、止めようがあるまい。

一度に酔いがさめた。

私は足を早めた。

「よく来てくれましたね」

と、大路が言いながら、北へと手を差しのべる。

北が手を出した。そして大路の手を固く握った。

「おめでとう」

と北は言った。

そして、北は、広間の奥のテーブルで、じっと動かずにいた咲代を見ると、大股に広間を横切って行った。

私は方向転換して、その方へと人の間を進んで行った。

北は咲代の前にピタリと足を止めた。

咲代の顔は、こわばっていた。北は、ゆっくりと微笑んだ。——何とも形容し難い微笑だった。

「元気そうだな」

と北は言った。

「ええ……」

咲代は微かに肯いた。

「――僕にも何か一杯くれないか」

北の言葉で、ホッとしたように、咲代は、

「水割りだったわね」

と、新しいグラスを取った。

「乾杯させてくれ」

と北はグラスを手にして、言った。

「え？」

「君と大路君の幸福と健康を祝して――」

「それはありがたい」

大路が加わった。「さあ、君もカクテルを取れよ」

「え、ええ……」

咲代は急いで手近なカクテルのグラスを取った。

「さあ、君たちの幸福と健康を祈って――」

と北がくり返した。「乾杯！」

「乾杯！」

と大路が言った。咲代は何も言わなかった。

三つのグラスが鳴った。

3

「やあ、来たな」

と中尾が言った。

玄関を入って来たのは、顔なじみの、警視庁捜査一課の小室警部だった。

「中尾さん。よく会いますね、こういう場では」

「もう少し気のきいた所で会いたいものだな、全く」

と中尾は言って笑った。

「えらく立派な別荘ですな」

小室は見回しながら言った。

小室警部は、長身でスマートな、なかなかの二枚目で、あまり警官くさくないところが、中尾と奇妙にウマの合うゆえんかもしれなかった。小室は私に会釈しておいて、

「地元の連中は来てますか？」

「ああ。検死官もさっきやって来た」

と中尾は歩きだして、「ともかく現場を見た方がよかろう」

と小室を促した。

「――被害者は、北天堂でしたね。脱出の名人だって……」

「その彼が密室で殺された。皮肉なもんだ」

と中尾は言った。

私たちは廊下を奥へ入って行った。

「ペンキの匂いですね」

「改装中の部屋でね」

――ここへ来たとき、咲代が私と中尾を連れて行った小部屋を更に奥へ。

部屋はドア一つだけの、窓のない、正方形の造りだった。

「寝室になるはずだったんだな」

と中尾は言った。

――北天堂は、部屋の中央に、うつ伏せに倒れていた。背中に、ナイフが突き立っている。

検死官が立ち上った。

「どうだい？」

と小室が訊いた。

「心臓を一突きだな。ほとんど即死と言っていいだろう」

「他に外傷などは？」

「ざっと見たところでは、ないようだ」

「そうか。他に何か？」

「手首、足首に縄の跡があるが――」

「それだよ」

と中尾が指さした。ロープが、蛇のように死体の傍でとぐろを巻いていた。

「縛られていたんですか？」

「北にとっては、縛られていないも同然だったよ」

「なるほど、その辺は後で伺いましょう」

「じゃ私はこれで」

と検死官が帰りかけると、

「ちょっと訊いていいかね」

と中尾が声をかけた。

「何です？」

「あのナイフであれだけ突き刺すのは、かなり力がいるかね？」

「切れ味の鋭いナイフなら、そうでもありませんよ。女性でもできます」

「自分でも？」

検死官がちょっと面食らったようだったが、少し考えて、

「ああ……そうですね。不可能ではない。自分で背中を刺す物好きがいればの話ですけどね」

「ありがとう」

中尾は珍しく礼を言った。

「中尾さん、何を考えてるんです？」

と小室が訊く。「北は自殺だとでもいうんですか？」

「可能性を知りたかっただけで」

小室は科学捜査班の一人に言って、ナイフの柄の指紋を採らせた。

「指紋は全くついていません」

「そうか。ありがとう。——さて、これで自殺の可能性はなくなりましたね」

と小室は言って、「ハンカチか何かで柄を包んで刺したとしたら、その包んだもの
が残っているはずです。それとも後で誰かが持ち去ったとか?」

「いやいや」

と中尾は首を振った。「死体を発見したとき、僕も一緒に入った。ハンカチなんか
なかったよ」

「すると、どうなるんです?」

小室の問いに、中尾は、ただ黙って、肩をすくめた。

別荘の中の一室で、小室と中尾と私の三人は、眠気(ねむけ)ざましのコーヒーを飲んでいた。

もうそろそろ夜明けである。

「——パーティの客を全部止めておくわけにもいかんでしょうね」

と小室は言った。「朝になったら、一応住所を聞いて帰しましょう」

「そうだな」

「ところで、と……」

小室はメモ帳を開いた。「ここへ来るまでの人間関係はよく分りました。それでい
よいよ事件のいきさつをお聞かせ願いたいんですが」

「そういう仕事は谷川君の方が巧みだよ」

と中尾は言った。「それに、他人の話だと、客観的に眺めることができる。何か見落としていたことに気付くかもしれん」

小室が私の方を見た。

「いいでしょう」

と私はコーヒーを飲みながら、口を開いた。

「パーティは和やかに運んでいました。北も大路と談笑したり、咲代に冗談を言ったりして、こちらの懸念は思い過しだったのかと思ったほどです。――ところが、そろそろ客が帰り始めて……半分ぐらいまで減ったときでした」

「あなたはどんな部屋からでも脱出できるんですすか」

と、大路が言い出した。

「部屋ならね。つまり、ちゃんとドアのある部屋なら、ということだが」

と、北が応じた。

「じゃ、一つ僕らの寝室から脱出してみませんか」

大路の言葉を聞いて、咲代の顔に不安そうな表情が浮んだ。

「ほう」

北はちょっと目を光らせて、「そんなに難しいのかね」

と訊いた。

「あそこに閉じ込められたら、絶対に出られませんよ」

大路の口調には、明らかに、北へ挑戦しているという感じがあった。

「面白い、やらせてもらおう」

と北が言った。

「ねえ、やめて」

と咲代が間へ入った。「今日はそんなことのために来たわけじゃないでしょう」

「君は黙っていろ」

と、北は強い口調で言った。「部屋へ案内してもらおう」

「やめておいた方がいいかもしれませんよ」

と、大路は、ちょっと人を小馬鹿にするような調子で言った。「あの部屋からは、出られませんよ」

「やってみるさ」

と北が言った。

今までの穏やかなムードはどこへやら、二人の間には、激しい敵意が火花を散らすようで、私はゾッとした。

何かが起らずには済まない気配だった。

残っていた客たちも、二人の周囲へ集まって来る。北としても、引くに引けない事態だった。

「こっちです」

と、大路が先に立って歩き出すと、北が、そして他の客も一人残らず、その後について歩き出した。十二、三人もいただろうか。

「――ここです」

大路は、ドアが開いたままの、四角い部屋を示した。

北は中へ入って、見回した。

「このドアだけだな。――分った」

北はドアの鍵をチラリと見て、肯いた。

「どうです？」

と大路が訊いた。「その鍵は特別注文に作ってあるんです。あなたでもとても破れませんよ」

北は声を上げて笑った。勝ち誇っているような笑いだった。

「ここから出られないって？　いいとも、やってみようじゃないか」

「やめて、あなた――」

咲代が言いかけたが、北は耳を貸さなかった。

「じゃ、こうしましょう」

と、大路が言い出した。「三分以内にここから出て来られますか？」

「三分？――一分で充分だ」

と北は言ったが、「まあいい、少しは待つ身の楽しみも味わわせてあげなくてはな。じゃ、何かロープを持って来て、私の手足を好きなように縛りたまえ。それを含めて三分ということにしよう」

誰かが大路に言われて、急いでロープを持って来る。

「本当に大丈夫ですか？」

「君もくどいね」

と北は笑って、「ここから三分以内に自由の身で出て来られなかったら、私は生きて君らの前に姿を見せないよ」

と言った。

そのとき、咲代の顔が不安に歪んだのに、私は気付いた。

その部屋の中で、大路と二、三人が、北をぐるぐる巻きにして縛り上げると、

「いいですか、これで」

と大路が言った。

「これで縛ったつもりかね」

と北はからかうように言った。「まあいいさ。では出てくれ」

「いいですか。このドアを閉めた瞬間から三分ですよ。閉めればドアがロックされますからね」

「分った」

北は自信たっぷりの様子だった。

他の人間が全部出てから、すぐに大路が出て来て、ドアを閉めた。そして腕時計を見た。

「よしこれから三分だ。――おい、みんな、少し離れて待とう。気が散るといけない」

中尾が私の方へ呟いた。

「もうロープはとっくにほどいているよ」

みんな、北がすぐにドアを開いて現れるものと思っていた。北の、自信溢れる態度が、そう思わせていたのである。

「――一分たった」

と、大路が言った。

ドアの方から、かすかに金属の触れ合う音が聞こえて来た。

「ピンか何かを使っているんだろう」

と中尾は言った。

「――二分」

と大路が言った。

「おかしいぞ」

と中尾が呟いた。

「二分三十秒！」

大路が声を上げた。「後三十秒ですよ」

「わざとすれすれに出て来るってんじゃないのかい」

と私は言った。

「二分四十秒」

　咲代が前へ出た。

「あなた、大丈夫？」

　と呼びかける。返事がなかった。

「後十五秒」

　雰囲気に緊迫の度が加わって来た。誰もが、やや不安そうな顔になる。

「後十秒！」

「早く出て来て！」

　と咲代が祈るように言った。

「五秒」

　と大路が言った。「四、三、二、一……三分すぎた！」

　部屋は沈黙していた。

「早くドアを開けて！」

　と咲代が言った。

　中尾が足早にドアへ寄った。

「おい、北君！　大丈夫か？　返事をしろ！」

　——答えはなかった。中尾は、大路の方を見て、

「この鍵を開けろ」

と言った。

「ありません」

「何だと？」

「ここには持っていません。自動ロックだし、北さんが開けると思ってましたからね」

「このドアを破れ！　早く！」

と中尾が怒鳴った。

「あなた！　あなた！」

と、咲代が叫んだ。

「力を貸せ！」

居合せた男たちが四、五人で力一杯ぶつかると、全員が吹っ飛んで、ドアが倒れた。

部屋の中央に、北天堂が倒れていた。――背中にナイフが突き立っていた。

「後は大騒ぎでしたよ」

と私は言った。「咲代はヒステリー状態になって泣きわめくので、中尾と僕で、広間へ連れて行ったんです。——今は鎮静剤を打たれて眠っていますがね」

「ふむ……」

小室は考え込んだ。「——どうです、中尾さんのご意見は？」

「何とも言えんな」

中尾は首を振った。「ただ、咲代はやはり北天堂を愛していた。それだけは分った」

「それじゃ謎は解けませんよ」

と小室は苦笑して、「私の見るところでは北天堂を殺せたのは、一人しかいないような気がするんですが」

と言った。


「僕が殺した？」

大路拓也は憤然として、「冗談じゃないですよ！」

と小室をにらんだ。

「しかしね、北さんを縛って、最後に部屋を出て来たのは君だ。そのとき、君は北さんを刺し殺していたんだ」

「言いがかりだ！　僕は何もしやしない！」

「まあ落ち着け」

と中尾が言った。「僕が不思議なのは鍵のことだ」

「鍵?」

「そうさ。あの北天堂が、生きていたとすると、なぜ、あの鍵を開けられなかったのか……」

中尾は大路を見て、「あの鍵は、よほど特別な物なのかね?」

と訊いた。

「あのドアですか」

大路は戸惑い顔で、「いいえ。だって……鍵なんかかかっていなかったんですよ」

私たちは顔を見合わせた。

「つまり、あのドアは、最近のホテルの部屋と同じで、閉めると自動的にドアがロックされます。でも、内側からは、いつでも、ノブを回すだけで開くんです。だから、僕としては、ほんのジョークのつもりだったんですよ。それなのにどうして――」

と、大路は首をかしげた。

4

「奥さん、大丈夫ですか？」

と、小室が訊いた。

「はい」

咲代は、まだ少し顔色は青ざめていたが、しっかりした声で答えた。

「ご主人は——北さんはお気の毒でした」

と、小室が微妙な言い回しをすると、咲代は、きっぱりと、

「私は、北天堂の妻です」

と言い切った。

「しかし、もう離婚の手続きを——」

「気持の上でのことです」

と咲代は遮って、「あの人から逃げたいと思っていましたが、あの人が殺されているのを見たとき、初めて気が付きました。——やはりあの人を愛していたのですわ」

「では、ご主人——と呼びましょう。ご主人を殺したのが誰か、お分りですか？」

「さっぱり分りません」

と咲代は首を振った。

「例えば——大路さんなどは？」

「ええ……やっても不思議はないかもしれません。でも現実に不可能だったでしょう？」

小室が、さっきの考えを述べると、咲代は少し考えてから、ゆっくり首を振った。

「残念ですが、違います。大路さんがあの部屋から出て来るのを、私、見ているんです。その奥で、あの人が、ちゃんと生きているのを、私、見ていますもの」

小室はガックリ来た。

「そのときに——」

と中尾が言った。「まだロープはかかっていましたかな？」

「はい」

「では大路ではないな」

と中尾は小室の方へ、「北はロープを外していた。ナイフの傷はほとんど即死だというんだから、刺された後でロープを解く余裕はなかったはずだ」

「そうか……」

小室は残念そうに、「しかし、そうなると、犯人は誰なんです？」

「まあ待てよ」

と中尾は苦笑した。「電卓じゃないぞ。そうすぐにポンと答えは出ちゃ来ない」

「——何とも参りますね、この手の事件は。捉え所がない」

現実的な警官にとって、密室殺人などというのは、全く厄介なしろものなのだろう。

すっかり夜が明けて、庭へ出てみると、

「あら、探偵さん」

と、聞き憶えのある声がした。

「やあ君か」

昨夜のリカという女だ。「君も泊っていたの？」

「ええ。今、住所や何かを訊かれたわ」

と言って顔をしかめた。

「二日酔かい？」

「そうらしいわ」

リカという女は苦笑した。「どうしたの、事件の方は？」

「まだ未解決さ」

と言って、「そういえば、君は大路君の恋人だったね」

「ああ。もういいのよ」

とあっさりしたもので、「ゆうべ散々飲んだら、さっぱりしちゃった」

私はつい笑ってしまった。

「彼に飽きたのかい？」

「そうね。それもあるし、あんな病気持ちじゃね」

とリカは言った。

「病気持ち？　大路君が？」

「そうよ。あの人、糖尿病なのよ」

「へえ。――年に似合わないねえ」

「でしょ？」

「どうして分った？」

と、突然後ろから声がした。中尾が立っていた。

「あら、本物の探偵さんね」

リカは楽しそうに、言った。「犯人を早く捕まえてよ。決定的瞬間を見てから帰りたいわ」

「今の話だ。どうして分った？」

と中尾が真剣な表情で訊く。

「ああ、彼のこと？　だって、あの人、注射器持ってたんだもの」

「注射器？」

「そう。よく自分で射つでしょ。インシュリンだっけ。私、見たことあるの」

「大路君が、注射器を持っていたんだね？」

「ええ」

「いつ見かけた？」

「ゆうべよ。あの騒ぎの後で」

何か思い付いたな、と私は思った。中尾の表情が、活き活きとしている。

「どこで見たんだね？」

「屑かごへ捨てるのを見たのよ」

「どの屑かご？」

「ええと……」

リカはうんざりした様子で、「ねえ、そんなことが何なのよ、一体？」

と言った。

「どこの屑かごだ？」

中尾が、かみつきそうな顔で言った。

「あの――パーティやってた広い部屋よ」

とリカがあわてて言った。

「さっき、使用人が片付けてたぜ」

と私は言った。

「おい！　急げ！」

中尾がやおら走り出した。

「待てよ、おい！」

私も急いで後を追う。

中尾が走るなんて、全く珍しいことだ。私とて自慢ではないが、そう若くもなく、えらく息が切れた。

ともかく、広間へ駆け込んだとき、屑かごの中身は、大きな布のごみ袋へとあけられてしまったところだった。

「待て！　そのごみを調べたいんだ！」

と中尾が怒鳴った。「——谷川君、小室の奴を呼んで来てくれ」

小室警部を連れて広間へ戻って来た私は、目を丸くした。小室とて同様で、

「何してるんです?」

と素頓狂(すっとんきょう)な声を上げた。

中尾は、広間の真中にごみを全部ぶちまけて、その中をかき回していたのである。

「早く手伝え!」

と中尾が苛々と怒鳴った。「この中に証拠(しょうこ)があるんだ!」

小室があわててごみの中へと飛び込んだ。私は……少々ためらった。ためらってい
る内に、幸か不幸か、中尾の手が、注射器を、探り当てたのである。

そして、ちょうど当の大路がやって来た。

「何のつもりです、これは?」

と声を上げる。中尾が、

「見付けたよ、君。もう観念したまえ」

と、中尾は、注射器を示して言った。

大路が青ざめた……。

「どういうことです？」

と、小室が訊いた。

「今説明するよ」

中尾は、刑事に買いに行かせたハンバーガーで、やっと一息ついていた。「ケチャップをケチっとるな、こいつ」

「つまり、あの注射器に何か薬を仕込んで、北天堂に射ったのかい？」

と私は言った。

「違う違う。何も分っちゃいないんだな。いいか、北はすぐにロープを解いた。それは確かだ。そして鍵を開けようとする。だが、自動ロックのドアで、内側からならいつでも開くのだ。それなのになぜ、北は開けなかったのか」

「なぜだい？」

「開かなかったからだ」

私と小室は顔を見合わせた。

「つまり、ドアの鍵の部分が、固定されてしまっていたのさ。接着剤でな」

「接着剤？」

「金属専用の強力な接着剤だ。それを鍵の壁の側の穴に詰めておいたんだ」

「しかし、あのとき、大路がそんなことをすれば——」

「接着剤というやつはね、たいていは、すぐにくっつけてもだめなんだ。五分くらい間を置いて接着させるものなんだ。——大路は、トイレへ行くようなふりをしてパーティの席から抜け出し、あの部屋へ行って、壁の方の穴に接着剤を詰め、広間へ戻って、北に、あの部屋から出られるかと挑んだのだ。北が受けて立つことは計算の上さ。——北を縛り、ドアを閉める。鍵がかかり、接着剤がそれを固定する。北がロープを解く三十秒ほどの間に、接着剤は固まる。後はもういくら開けようとしても、びくともしないというわけだ」

「なるほど」

「大路は、結局咲代が自分のものでなく、北を愛していることに気付いて、北を殺したいと思ったんだろうな。しかし自分で手を下す度胸はない。そこで考えたのが、あの手だ。そのためにペンキの塗りかえまでさせた」

「ペンキ？」

「接着剤の匂いを消すためさ」

と中尾は言った。「三分で出て来られなければ、きっと北は自分で命を絶つ。そう大路は睨(にら)んでいたんだな。恋人を奪った男との勝負に負けたんだから」

「じゃ、北は自分で自分を刺したのか？」

「そうとも。しかし、大路の罠だったと察していた。だから、他殺のように見せかけて死のうとしたんだ」

「だが指紋は？　ハンカチはポケットの中だったよ」

「何もハンカチでなくたっていい。ロープがある」

「ロープか！」

「一旦ハンカチでナイフの柄を拭い、それにロープをきっちりと巻きつける。その上から握って、背中を刺して、手を離せば、ロープはパラパラと足下へ落ちる」

「なるほど」

「咲代を失って、どうせ生きていても仕方ないという気持もあったんだろうな」

「すると注射器は？」

「ドアを破っても、誰もすぐには鍵の所など見ない。目の前の死体に気を取られているからな。現にみんな気味悪がって広間へ戻ってしまったり、僕らも咲代を介抱していた。その間に、大路は、注射器に仕込んだ溶剤を、鍵の穴へと注入して、接着剤を溶かしたんだ。しかし、今からでも調べれば痕跡はあるはずだよ」

「なるほど、分りました」

と、小室が肯いた。「早速裏を取りますよ」

「ところで小室君」

「何でしょう?」

「ごみの中をかき回して、洋服が台なしだ。これは警察の方で新品を作ってくれるべきだと思うがね」

と、中尾は言った。

「それは……上司に相談してみませんと」

小室警部はあわてて立ち上った。

『怪談』

1

世の中、常識の通らぬことが多くなって来た。

そのせいかどうかは知らないが、幽霊までも、出るべき季節や場所、時刻を間違えるようになったらしいのである。

突然そんなことを言っても戸惑われるだろう。ともかくその日は十月の、よく晴れた一日だった。

私は朝八時頃には、もう新しい職場の前へやって来ていた。門はまだ閉まっていて、格子の扉越しに、運動場と、白いコンクリートの二階建の建物が眺められた。

門には〈T学園幼稚園〉という文字が浮彫されていて、その傍の掲示板に貼ってあるのは、子供の描いた絵で、赤白の帽子をかぶった子供が――何をしているのか、走っているとも、踊っているとも見えるようだった。そして大きく、〈うんどうかい〉〈十がつ十か〉と書かれていた。

やって来てすぐに運動会というのは、先生たちのやり方、親の考えなどがよく分らないので大変だが、逆に子供たちと打ち解け合うには好都合だ。

幼稚園の先生をやっている、と言うと、たいていの友人が、

「大変ねえ、重労働でしょ」

と同情してくれる。

体力を消耗する仕事なのは事実だが、その実、子供をみている保育時間は一番楽なのである。大変なのは、先生同士の人間関係、そして何よりも保護者たちとの関係なのだ。

幼稚園の先生が辞めて行くのは、子供の相手に疲れたからでなく、その保護者たちの相手に疲れたせいであることが多いのである。

私は、腕時計を見た。まだ誰も来ないのだろうか？

仕方なく、門の前に立って周囲を見回すと、少し離れた所に小さな公園があった。

私はその中のブランコに腰をかけて、軽く揺らしながら、幼稚園の門が開くのを待っ

た。

私の名は名取敦子。二十四歳になる。

大学を出てから、ある幼稚園に二年いたが、園長と意見が合わずに辞めた。その後はもう同じ苦労をする気にもなれず、家でのんびりしていたのだが、大学時代の親友、上原紀子から、ぜひにと、このT学園幼稚園に招ばれたのである。

ここは団地の中の幼稚園だ。周囲は八階、十階、といった高層の棟で囲まれている。

普通の住宅地に住み慣れていると、こういう場所は、あまりに整然としすぎていて、何となく落ち着かないが、どこも新しく、洒落た造りになっているので、イメージの明るさは快い。幼稚園にしても、真新しく、モダンな建物である。

今度のことで話をするために、数日前の日曜日に、上原紀子と会って、ここへ案内されたときの印象はとても良かった。

ただ――気のせいか、私を招いた当の紀子が、何となく不安そうな様子で、いや、はっきり言って、何かに怯えている様子だったのが、ちょっと気にかかった。

でも、紀子は昔から心配性だったのだ。それが治っていないのだろう。

「まだ来ないのかしら……」

私は苛々として呟いた。

八時二十分になっている。園児は、九時から九時半の間にやって来ることになっていた、ということは、八時半には、教職員が揃(そろ)っていなくてはならないのだ。ちょっとたるんでるんじゃないのかしら、と私は思った。

そのとき、急に後ろで、

「入れないの?」

という男の子の声がして、私はびっくりして振(ふ)り向いた。

四歳ぐらいの男の子が、ちょっと気弱そうにはにかみながら立っている。——病気かな、と思った。顔色が青白くて、どこかひよわな感じである。

「君、何してるの?」

と私は訊(き)いた。

「待ってるの」

と男の子は言った。

「何を?」

「幼稚園に入れてくれるのを」

「じゃあ先生と同じだ」

男の子は、ちょっと目を見開いた。

「先生なの？」

「今日からね。みんな遅いね」

「入れないんだね」

「門が開かないとね」

と私は言った。「でも、ずいぶん早く来てるのね」

「うん」

「幼稚園は九時にならないと入れないのよ。一度お家へ帰っていたら？」

「いいの。待ってる」

とその男の子は言った。

紺のシャツ、ブルーの半ズボン、白い靴。どれも品はいい。そう貧しい家庭の子とも見えなかった。両親が共稼ぎしていて、もう出勤してしまったのかもしれない。危いじゃないの、こんな時間に。

もちろん朝のことではあるが、団地の中は人通りが少ない。万一のことでもあったら、どうするのだろう。

そのとき、上原紀子が急ぎ足でやって来るのが見えた。

「あ、来た来た。――紀子！」

私は小走りに、門の方へと急いだ。

「もう来てたの？」

と紀子は言った。

「〈もう〉はないでしょう。今、もう八時半すぎよ」

「ここはみんな四十五分にならないと来ないわよ」

「ええ？　呑気ねえ。所変れば、か。門、開かないわよ」

「今開ける」

と鍵を出す。

「あなたが開けるの？」

「当番なの。――はいどうぞ」

ガラガラと門が開く。中へ入ろうとして、

「あ、そうだ」

私は急いでさっきの公園へ戻った。「もう入れるわよ！」

と声をかけて――私は足を止めた。あの男の子の姿はどこにも見えなかった。

「――どうしたの？」

門の所へ戻って行くと、紀子が訊いた。

「うん、今ね、そこの公園に男の子がいたの。やっぱり幼稚園が開くのを待ってるって言ってたから、知らせてやろうと思って。でも、どこにもいないのよ」

私は紀子の顔を見てびっくりした。「――紀子！　どうしたの、真っ青よ！」

「いいえ、何でもないの！」

と紀子は激しく首を振った。「さあ、早く入りましょう」

何か変だ。紀子はあの男の子を知っている。それなのに、なぜ殊更に無視しようとするのか……。

しかし、今はそれを問い詰めている暇はない。それにどんな事情があるかも分らないのだ。――私は新しい職場へと足を踏み入れた。

「お疲れさま」

紀子が空になった教室を覗きに来た。私は笑いながら立ち上った。

「本当にクタクタよ。こんなに疲れるもんだったかなあ」

「初日だからでしょ」

「でもいい気持。いつも家でぐうたらしてるときよりよほど爽やかだわ」

「敦子はやっぱりこの仕事に向いてるのよ」

「そうかなあ。――紀子、もう帰れる？」

「運動会のことで電話を二、三本かけたらね。十五分で済むわ」

「じゃ一緒に帰ろう」

「うん」

紀子は、私よりも大分きゃしゃな体つきなので、子供の相手も大変なようだ。実際、今の四、五歳の子供といえば、優に昔の小学生並みで体は大きいし、力もある。それを二十人以上もみているのだから、疲れるのも当り前だ。

私は洗面所へ行って顔を洗った。冷たい水が快い。汗でべとついた肌が、さらりと乾いて来る。いい季節だ。

教室へ戻った私は、ちょっと驚いて、声を上げた。

「あら」

さっきの男の子が、教室の奥の椅子に、チョコンと座っているのだ。

「君、どうしたの？」

と言ってみる。

「入ってみたかったの」

と、男の子は言った。

「そう。でも、黙って入って来ちゃいけないなあ。ねえ、名前、何ていうの？」

「ヒロシ」

「ヒロシ君か。——ヒロシ君、この幼稚園に通ってるの？」

ヒロシという男の子はちょっと寂しそうに首を振った。

「じゃ、他の幼稚園？」

「どこも行ってないよ」

「そう……」

もちろん、幼稚園に入ることは法律で義務づけられているわけではない。しかし、今では事実上、ほとんどの子が幼稚園へ通っているといっていいだろう。

中には、子供を幼稚園へ行かさないという教育方針を持った親もいる。それはそれで他人の口出しすることではないが、子供にとっては、やはり友だちというものが出来ず、孤立してしまうことが多いのである。

この子もそうなのかもしれない。

「お家、どこなの？」

「すぐそこ」

とヒロシは窓の正面を指さした。高層の棟が建っている。

「あそこ？」

「うん」

「何階？」

「六〇二」

「六階か。――送って行ってあげようか」

「いいの？」

と、嬉しそうに目を輝かせた。

「いいわよ」

紀子は十五分ぐらいかかると言っていた。目の前までだ。五分もあれば戻って来られよう。私は、

「さ、行こう」

と手を伸ばした。ヒロシが急いでやって来ると、白い手で、私の手をつかんだ。冷たい手だった。貧血症なのかもしれない。

私たちは、裏口から出た。そこの方が近かったからだ。高層の建物へ入ると、エレベーターで六階へ上った。

「ママはいる？」

「パパもいるよ」

「お勤めじゃないの？」

「ずっと家にいるんだ」

自由業なのだろうか。建物の中は静かだった。――エレベーターを降りると、六〇二号室はすぐ目の前だ。

私はヒロシの手を離して、玄関の前に立つと、チャイムを鳴らした。――返事がない。表札の所は何も入っていない。

もう一度チャイムを押してみる。

「いないんじゃないの？」

振り向いて、私は目を丸くした。ヒロシという子は、影も形もなくなっていた。

隣の家のドアが開いて、中年の主婦が顔を出した。

「あの、そこは空家ですよ」

「え？――そうですか」

私は腹が立った。あの男の子の、何となく哀れみを誘うような様子にコロリと騙されてしまったのだ。

「私のカンも鈍ったわね」

と、エレベーターで下へ降りながら、私は呟いた。

幼稚園へ戻ってみると、紀子が廊下を歩いていた。

「何だ、捜したのよ」

「ごめんごめん」

私は急いで職員のロッカールームへ入って行き、着替えをした。

「——お待たせ」

「じゃ帰りましょうか」

私たちは外へ出た。

「終った後は仕事がないの？」

「今の内だけよ。二、三日したら運動会の準備が始まるわ。そうなりゃ夜中まで仕事よ」

「分るわ、経験あるもの」

私は、あのヒロシという子に連れて行かれた建物を見上げた。「——全く馬鹿みちゃったわ」

「何のこと？」

「今朝見かけた男の子がね、教室へ入って来たのよ。それで家まで送ってあげると言って、ここの六〇二号室だっていうから連れて行ったら、空家だっていうじゃない。すっかり騙されちゃったわ」

急に紀子が凄い力で私の腕をつかんだので、私はびっくりした。

「どうしたのよ、紀子？」

紀子は真っ青になって、目を大きく見開いていた。

「――敦子、あなた、その子と話をしたの？」

「ええ、そうよ」

「触った？」

「手を引いて行ったから。――何だっていうの、一体？」

「色の白い……弱々しい感じの子で、紺のシャツと水色の半ズボンと白い靴……」

「ええ、その子よ」

紀子が急によろけた。私はあわてて紀子を抱き止めた。

「しっかりしなさいよ！」

「敦子！――その子は――一年前に死んだのよ！」

と紀子は言った。

「何ですって？」

「あなたは——幽霊の手を取って歩いてたんだわ！」

あの冷たい手の感触が思い出された。まだ充分に明るい夕方だったのに、私は急に真夜中の町に一人立たされているような、そんな気がした。

2

「これは規則違反なんですよ」

と、管理事務所の職員はくどくどとくり返した。

「分ってますよ」

叔父は辛抱強く肯いて、「ちゃんと警察の方からあんたの上司へ連絡が行っています。ご心配なく」

エレベーターはのろのろと上って行く。こういう公団アパートのエレベーターは至ってスピードが遅い。どうやらこれも「規則」で決っているようだった。

「何かあったら私が叱られるんですから……」

職員はまだブツブツ言っていた。いじめつけられている、やせこけた飼犬という様子である。

私は叔父がいつもならとっくに怒鳴っているだろうに、と思うと、ついおかしくなって、笑いをかみ殺した。——気難しい叔父も、姪の前では人格者ぶりたいのだろう。

中尾旬一、というのが叔父の名前だった。見たところ、どことといって変った所のな
い四十代、腹の出たずんぐり型の体つき、やや後退しつつある頭髪、なども、別に常
人と変るところはない。

この叔父が、犯罪捜査の分野で、しばしば警視庁を助けて活躍することがあるとは、
一見したところでは誰も信じないに違いない。

私たちは六階へ着いた。

「じゃ鍵です」

と、職員は渋々と鍵を叔父へ手渡した。

「後で返しに寄りますよ」

「必ず、ですよ」

できることなら、ずっとそばで見張っていたい様子だったが、叔父がじっと立って、
ドアを開けようとしないので、諦めたようにエレベーターで降りて行った。

「やれやれ……」

と叔父は苦笑した。「公務員というのは、どうしてああも人間を信用しないのかな」

「叔父さん、すみません、呼び出したりして」

「なに、敦子のためならすぐに飛んで来るさ。それに今は谷川が旅行中でな、ちょうど退屈しとったんだ」

「そう言ってもらえると嬉しいわ」

「しかし、敦子も女っぽくなったな」

叔父は、六〇二号室のドアの鍵を開いて、

「――さあ、幽霊屋敷へ入るか」

と言った。

「やめて下さい」

と、私はにらんだ。

中へ入ると、埃っぽい匂いがして、ムッとするような湿気が包んだ。

「窓を開けましょう」

私は上り込んで、全部のドアや、ベランダへ出るガラス戸を開けた。

「3DKというのかな、この造りは」

「そうですね。空っぽだからずいぶん広い感じがするわ」

「一年間、ずっと空家だったわけだな？」

「ええ。やっぱりあんまり住む人がいないそうですよ、無理心中のあった家には」

叔父は台所に立って周囲を眺め回していたが、

「ああ、そうだ」

と、ポケットから、何やら銀色の小さな箱を取り出した。二つに割れると、両方に粘土のようなものが詰めてある。

「どうするんです？」

「鍵の型を取るのさ」

叔父は、借りてある鍵を挟んで、ぐいと粘土に押しつけ、型を取った。

「合鍵を作るんですか？」

「いちいちあんな手間をかけちゃおられんよ」

と平然としている。

私たちはベランダへ出た。――六階から、ちょうど目の前に、道路を挟んで、幼稚園が見えている。

あのヒロシという子も、ここから、幼稚園で遊ぶ子供たちを見下ろしていたのだろうか……。

「父親は西条浩哉といってね――」

紀子は、やっと落ち着くと、事情を説明し始めた。

「あんまり売れない画家だったのね。――芸術家風というのか……ちょっと変った人で、近所の人ともよく喧嘩していたらしいわ」

「子供はヒロシっていったわね」

「ええ。奥さんが確か――良江といったんじゃないかしら。ご主人がもめごとを起すと後で奥さんが謝って回る、っていう具合だったらしいわ。もともと神経の細い人だったらしくてね」

「あなた、よく知ってるわね、そんなことまで」

「知っている人があの隣の棟にいてね、よく話を聞いたのよ」

「ヒロシ――って、どんな字を書くの？」

「〈博〉一字ね。父親は〈浩〉なんだけど。――可哀そうな子だったわ」

「どうして死んだの？」

「殺されたのよ」

私は一瞬息を呑んだ。――まさかそんなこととは思いもしなかったのだ。

駅前の喫茶店は、学校帰りの高校生で騒がしかったが、まるで紀子と二人、周囲から切り離されたように、孤立している気分がした。

「――教えてちょうだい」

「あの西条っていう人は、ともかくそんな具合で近所の嫌(きら)われ者だったの。その内に博君は四歳になり、うちの幼稚園へ入ることになったんだけど……」

「何かあったのね？」

「そう……。入園したものの、何しろ親が嫌われているものだから、他の子の保護者たちが自分の子と博君を遊ばせようとしなかったわけなのね。――博君は……私のクラスにいたのよ」

「そうだったの」

「私も何とかしてみんなが博君と遊ぶようにしないと……。でも、その内に致命的(ちめい)なことがあったの」

「致命的？」

「四歳の女の子が、まだ入居前で人のいない棟の階段の所で遊んでいて、男にいたずらされたのよ。――親が急いで警察へ知らせて、警官がその辺りを調べてみると、西条さんが近くの野原を歩いてたの。何しろ画家ですものね。用もないのに散歩へ出たって不思議はないんだけど、もともと偏屈(へんくつ)な人でしょう。すっかり犯人扱(あつか)いされてしまったの。女の子は相手の男のことをよく憶えていなくて、結局すぐに帰されたんだけど、きっと西条さんがやったのに違いないという噂は一気に広まって……」

「そのしわ寄せが博君の方へも来たわけね。分るわ」

「もう事態は私の手には負えなくなっていたわ。私は西条さんの奥さんを呼んで引越された方がいいんじゃないかと言ったの。でも、ご主人が承知しないということでね」

紀子はため息をついた。「博君はそれこそもう誰も遊び相手がなくて、いつも一人でポツンと砂場なんかにいたものよ。――そして、幼稚園もやめてしまったの」

「それで殺されたというのは……」

「私が思ってるだけなの。表向きは自殺か事故ということになってるのよ」

「自殺？　四歳の子が？」

「だから事故だろうってね。――あの棟の裏手に公園があるの。あの団地は沢山公園があるのよ。博君はジャングルジムの中で、首の骨を折って死んでいたの」

私は胸が詰まって、言葉が出なかった。

「上から妙な姿勢で落ちてそうなったんだろう、ということで、誰もそれ以上は考えなかったけど、私は変だと思ったのよ」

「それはなぜ?」

「つまり……博君はね、高い所が凄く苦手だったの。極度の高所恐怖症ね。それも、自分が住んでる六階ぐらいの高さになれば大して怖くなかったらしいけど、却って、鉄棒の上とか、台の上とか、ちょっと高い所で、足もとがしっかりしていないような所が苦手だったのね。幼稚園にもジャングルジムの簡単な奴があるけど、あの子は絶対に近寄らなかったわ」

「じゃ、公園のそこにも自分で登ったはずがないというわけね?」

「絶対よ」

紀子がこうもはっきり言い切ることは珍しい。

「なるほどね。それなら事故ということはありえない。つまり博君の死は自殺か他殺。四歳の子の自殺ということは考えられないから、従って他殺、というわけね」

「そう。――ただ、誰がどうしてそんなひどいことをしたのか、となるとね、皆目分らないけど」

「で、西条夫婦の方は?」

「父親の方は例によって人前では涙一つ見せなかったわ。お葬式も寂しいものでね、私はもちろん出たけれど、近所の人もほんの数えるほどしかいなかったわ」

「冷たいのね。子供に罪はないでしょうに」

「その三日後に……あの事件があったの」

と紀子は言った。


その日、上原紀子が、幼稚園を出たのは、夕方の五時を少し回っていた。

西条夫婦を訪ねるつもりであった。博の作った粘土の人形が、教室に残っていたのに気付き、それを届けてやろうと思ったのである。

それは高さ十センチほどの、よく出来た人形で、博の指先の器用さを示していた。やはり画家の父親の血を継いでいるのかな、と紀子はそれを見たとき思ったものだ。届けてやれば両親は喜ぶだろう。却って、子供のことを思い出して悲しむかもしれないとも思ったが、それでも、そのまま教室に置いておけば、何かの拍子に壊れるかもしれない。それよりはやはり両親の手許に置くべきだろう。

博の葬式から三日たっている。その間、紀子は時折教室の窓から、向いの棟の博がいた六階の部屋を見上げたが、いつもカーテンが閉ざされたままであった。

両親へ、何をどう話せばよいのか、それを考えると気が重かったが、それでも、この人形を届けたら少しは喜んでくれるかもしれないという、淡い期待もあった。

棟へ入って行き、エレベーターの呼びボタンを押した。六階から、箱が降りて来る。扉が開いて、誰かがえらく勢いよく飛び出して来たので、紀子はぶつかりそうになってあわててわきへどいた。

「あら、あれは――」

紀子は走り去って行く人影を見送った。それは、紀子のクラスの生徒の母親、沼田美子だった。一人娘の沙織がクラスにいる。

まだ二十代の若い母親で、活動的というのか、幼稚園の父母の会でも幹事をつとめていた。

沼田さんは幼稚園の反対側に住んでいるのに、ここへ何の用だったのかしら、と紀子は思った。しかも、六階からエレベーターに乗って来た。

沼田美子は、西条が少女にいたずらしたという噂を立てられたとき、真先に博をやめさせるようにと主張した一人である。娘を持つ母親として、そんな男の子供が同じ幼稚園にいるのは許せない、と、強硬だった。

その沼田美子が――西条の所へ行ったのだろうか？　何の用で？

紀子は、エレベーターで六階へ上った。六〇二号室のドアの前に立って、しばらくためらった。だが、せっかくここまで来たのだ。思い切って、チャイムを鳴らした。

二度、三度鳴らしても、返事はない。留守なのだろうか？　紀子は試みにドアのノブを回した。ドアが開いて来る。

そっと中を覗き込んだ。——薄暗い。しかし、サンダルや靴が、玄関に散っている。いることはいるようだ。

「西条さん……」

と、紀子はそっと呼びかけた。「幼稚園の上原です。西条さん」

人形を置いて、黙って帰ろうか、と思った。そのとき、低い呻き声が、聞こえて来た。いや、ずっと聞こえていたのに、初めて気付いたのである。

紀子は逃げて帰りたくなった。恐ろしい予感と恐怖が、透明な蛇のように、足もとから這い上って来た。

だが、紀子の足は、意志とは逆に、靴を脱ぎ、部屋へと上り込んでいた。

「西条さん。——奥さん」

そっと、ダイニングキッチンを覗き込む。その奥の襖が、そろそろと開いていた。

——手が、畳を這って、突き出て来た。血にまみれた手だ。

紀子の手から、粘土の人形が落ちた。壊れたかどうか、見もしなかった。紀子は襖を開けた。

到(いた)る所に血が飛散している。奥に、西条はすでに動かなくなっており、胸から腹にかけて、血が光っている。呻きながら這って来たのは、妻の良江だった。わき腹に、深い傷があって、血の帯が、続いていた。

二人の間に、大きな包丁が、転がっていた。

「奥さん！」

紀子はかがみ込んだ。

「私が……やった……」

と良江が、囁(ささや)くような声で、言った。「私が……」

それ以上は、言葉にならなかった。紀子は玄関の所にあった電話へ向って、よろける足で走った。

受話器は震(ふる)える手から滑(すべ)り落ち、ダイヤルを回す指は外れた。やっと一一〇番へかけて、事件を知らせると、そのまま紀子は、泣き出してしまった……。

「――捜査の結果、良江さんが包丁で夫を刺(さ)し殺し、自分もわき腹を刺して死んだ。子供を失ったことで、一時的な錯乱(さくらん)を起しての無理心中。そういうことになったわ」

と、紀子は言った。

「その、入れ違いに出て行った奥さんというのは？」

「沼田美子さん？　私、あの人のことはすっかり忘れていたのよ。思い出したのは、総《すべ》て事件の結論が出てから。何しろ現場を見たのがショックでね」

「当然でしょうね」

「それで、今さら言ったところで仕方ない、と思ったのよ。それっきり……。私もその内には、幼稚園の多忙《たぼう》な日程に紛れて、事件のことは忘れて行ったわ。ところが、半年ぐらいしてからだったかしら」

紀子はちょっと間を置いて、「ある日、一人で残って教室で後片付けしていると、誰かが入口の所に立ってるの。『まだ残ってるのは誰？』と声をかけると、……『先生、入っていい？』そう訊くの。——顔を上げると、博君が立っていたのよ」

3

「私に何をさせたいんだね？」

と叔父は言った。

私たちは昼下りの公園にいた。——団地の中の、通りすがりの公園である。

「本当に沢山公園があるのね」

と私は言った。

「話をそらすとは、敦子らしくもないぞ」

と、叔父は笑って、「――私は探偵の真似事ぐらいならやるが、幽霊退治はやったことがない」

「退治してくれとは言ってませんわ」

「それじゃ……」

「成仏できるように、犯人を見付けてほしいんです」

「おやおや」

叔父はおどけた調子で肩をすくめた。

「別に私も幽霊を信じてるわけじゃないんです。でも現実にああして私自身があの子の姿を見、話をし、手を取って歩いたんですもの……。たまたま同じ格好の他の子だったのかもしれませんわ。でも、たとえそうだったとしても、それは死んだ西条博君の力が、そういう偶然を起させたのかもしれないでしょう」

「誤解しないでくれ」

と叔父は手を上げて、「私が『おやおや』と言ったのは、敦子が幽霊を信じるようなことを言ったからではないよ」

「それじゃどうして？」

「一年も前の事件だ。しかも事故として処理済。ろくな捜査もなされなかったに違いない。その事件そのものは、大ていの人が憶えているだろうが、その日、晴れていたか曇っていたかすら憶えている人間はあるまい。そういう状態で犯人を捜せと言われたら、『おやおや』とでも言う他はないじゃないかね」

「すみません、無茶言って」

「いや、しかし、全く絶望というわけではない」

「本当ですか？」

思わず私は腰を浮かした。

「まあ落ち着きなさい。何も手品のように犯人を取り出してみせると言っているのじゃないよ。——当時の手がかりで、手をつけられていないことがある」

「沼田美子っていう人のこと？」

「それもある」

と叔父は肯いた。

「他にも何か？」

「——さて、行くか」

と叔父は答えずに立ち上った。私はもう馴れっこだった。

「どこへ行くんですか？」

「敦子も谷川の奴みたいにこの事件を記録するつもりかね？」

叔父は苦笑まじりに言った。

「もちろんやってみますわ」

「それじゃドラマチックな展開を期待しているだろうが、残念ながらそうはいかん」

叔父はポケットから六〇二号室の鍵を取り出して、

「これを管理事務所へ返しに行くのさ」

と言った。

「さっきの人、苛々して待ってるでしょうね」

——管理事務所を捜すのに、ちょっと手間取った。何しろ団地の中というのは、どこを向いても、似たようなものなのである。

一旦方向を失うと、お手上げなのだ。

「やっと見付かった」

叔父は笑って、「これじゃ、先が思いやられるな、全く」

と、ドアを押した。

意外な光景が私たちを待っていた。あの職員が、カウンター越しに、女性の手を握りしめていたのである。これには物に動じないこと私以上の叔父も、ちょっと面食った様子だった。

もちろん、私たちが入って行ったので、例の職員はびっくりしてすぐに手を離した。女性の方も、どぎまぎして、

「それじゃ――」

と一言、歩き出す。

「あ、ちょっと――」

と職員があわてて声をかけた。「沼田さん、この書類を」

「あ、ごめんなさい」

その女性は、一通の書類を受け取ると、急いで事務所を出て行った。

沼田。確かに今、そう呼んだ。沼田美子。――まさか今の女性が？

叔父は職員へ鍵を返して、

「お邪魔(じゃま)しましたな」

とニヤリと笑って見せてから、私を促して外へ出た。

「叔父さん、今の女の人――」

「うん、気が付いたよ。敦子の友達の話のイメージとも合うじゃないか」

「後を尾けてみる?」

「それには及ぶまい。当人なら部屋は分っているのだからいつでも会える」

「じゃ、これからどうします?」

「私は警察へ行ってみる。その子供の方の事件は無理かもしれんが、両親の事件については何か記録が残っとるだろう」

「私も行きます」

「いや、敦子は、例の友達に訊いて来てほしいことがある」

「何ですか?」

「人形はどうなったのか、訊いてみてくれ」

「人形?」

私は思わず訊き返していた。「あの、粘土の、博君が作った人形ですか?」

「そうだ。その後どうなったのか、分ったら知りたい」

叔父はそこから警察へと行ってしまった。一体何を考えているのか、よく分らない人なのだ……。

翌日は日曜日だったが、私は幼稚園までやって来た。

叔父はもう先に来て待っていた。

「何をするんですか?」

私は挨拶(あいさつ)抜きで訊いた。

「せっかちだな、敦子は。——さ、おいで」

叔父は、あの棟へ入って行くと、エレベーターで六階へ上った。

「部屋へ入るんですか?」

「そのために合鍵を作ったんだからな」

とポケットから、鍵を取り出す。

「分ったら怒(おこ)られますよ」

「そんなことを怖がっていたら、真実は探れんよ」

もちろん、私とて、怒られるのを恐れていたわけではない。緊張をほぐすつもりで、ちょっと言ってみただけだ。

六階へ着くと、叔父は六〇二号室のドアを開け、中に入った。相変らずの埃っぽさ。

叔父はちゃんと中から鍵をかけた。

「何をするんです？」

「待つのさ」

「誰を？」

「待てば分る」

叔父は、事件のあった方でなく、もう一つの六畳間へ入ると、ちゃんとハンカチを畳の上に広げて、

「敦子も座りなさい」

と言った。

私もそれにならって、ハンカチを敷いて座った。

「人形のことは分ったのかね？」

「ええ。――でも、分らないということが分ったんです」

「何だね、それは？」

「あのとき、下に落として、その後どうなったのか、さっぱり分らないらしいんです。ともかく、警察の人が来て大騒ぎだったわけでしょう」

「捜してみたのかな？」

「ええ、次の日になって、人形のことを思い出して、行ってみたけど入れなかったそうです。それで、後に残った家財道具なんかを引き取りに、西条さんの親類が来たときに、人形があったらいただきたいと頼んだそうですけど、見当らなかったとか。——たぶんその親類が捨てちゃったんじゃないですか」

「そんなところかな」

叔父は大して関心がなさそうだった。

「どうして人形のことを調べさせたんですか？」

「うむ。——ちょっとな」

叔父は答えたくないときは、いつもこれで逃げるのだ。

「警察の方は収穫、ありました？」

「うむ。——子供の方は事故ということなので、簡単なものだ。両親の心中の方は多少、記録が残っていた」

「何か分りまして？」

「指紋のことぐらいだな」

「指紋？」

「凶器になった包丁だよ」

「誰の指紋がついてたんです？」

「もちろん良江のだよ」

「何だ」

とがっかりすると、叔父は笑って、

「疑わしい指紋があれば警察だってちゃんと調べとるさ」

「でも、それじゃ手がかりには――」

「いや、ところが記録を見ると、指紋には全部血がついているのだよ」

「え？」

「つまり、血に汚れた手でつかんだ跡は残っている。しかし、血のついていない手で握った指紋は残っていないんだ」

「おかしいですね」

と私は言った。「だって、最初に夫を刺したとき、手にはまだ血がついてなかったんでしょう？」

「そこなんだ。そうなると、良江は、まず夫を刺すのに、手袋をはめてしたか、それとも刺した後で一旦指紋を拭ったことになる」

「でも――」

「自分も死ぬつもりなら、そんなことをするはずがない。明らかにおかしい。そう指摘した者もあったんだが、結局、曖昧に片付けられてしまった」

「そんないい加減な！」

「私に怒るなよ」

と叔父は苦笑した。「それにもう一つおかしなところがある」

「何ですか？」

「良江がわき腹を刺していたということだ。自殺しようとするには、ちょっとおかしくはないか？　事実、良江は病院へ運び込まれてから死んでいる。自殺しようと思ったら、まず胸を刺す。わき腹では苦しみが長びくばかりだ」

「それじゃ、良江は自分で刺したんじゃなくて、刺されたんだということですか？」

「そうだと思うね」

「じゃ誰が――」

と、言いかけたとき、玄関の方で音がした。「叔父さん！　鍵を誰かが――」

「静かに」

と叔父が制した。

ドアの開く音。――変だ、と思った。ちゃんと鍵を使って開けたのだ。だが、合鍵は職員の事務所にしかないはずなのに。

もっとも叔父だって勝手に合鍵を作って来ているのだ。あまり威張れたものではない。

誰かが入って来た。ダイニングキッチンを通り抜け、奥の、事件のあった部屋へと入って行く。

「叔父さん……」

「少し待ちなさい」

と叔父は低い声で言った。

入って来た人物は、その部屋から動かないようだった。そして、かすかに声が――すすり泣くような声が聞こえて来た。

「おいで」

叔父は立ち上った。

その部屋へ入って行くと、沼田美子が涙に濡れた顔を上げた。

「ご心配なく」

と叔父は言った。「我々は警察の人間ではありません」

「何ですか？　どうやってこの部屋へ入って来たんです？」

「あなたと同じです。合鍵を使って」

と叔父は言った。「もっとも、私の鍵は、あなたのように、管理事務所の職員を口説いて作らせたわけではありませんが」

沼田美子は後ずさりして、

「あなたはどなた?」

と訊いて来た。

「私は真実を知りたい人間なのです」

「真実?」

「そうです。例えば……あなたが、西条を刺し、止めようとした奥さんのわき腹も刺したといったようなことです」

叔父の言葉に、当の沼田美子は、青ざめた。

「あなたは――」

「申し上げたように、私は警察の人間ではありません。別にあなたを告発する気はありませんよ」

「私も……私も苦しんだんです」

沼田美子は力なく座り込んだ。「告白しなくてはと思い、毎日過しながら、でも、私をかばって下さった西条さんの奥さんの死がむだになるのではないかと思うと、なかなかそれもできないのです」

「あなたが……どうして？」

私は唖然として訊いた。

「私は西条さんを愛していたんです」

と沼田美子は言った。

「まあ、それじゃ――」

「私たちの関係を、奥さんもよくご存知でしたが、何もおっしゃいませんでした」

「どうして殺したんですの？」

「ずっと前から思いつめていました。いつか――清算しなくてはならない、と……」

沼田美子は頭を垂れた。「愛していながら、それをじっと隠していなくてはならない。わざと西条さんの悪口を幼稚園で言わなくてはならない……。そんな生活に疲れ果てていました」

「それで殺そうと」

「自分も死ぬ気でした。西条さんを殺して自殺しようと思ったんです。――そこへ、博君が死んで、あの二人はすっかり生きる気力をなくしてしまったようでした。博君の死から決心したといえば妙かもしれませんが、事実そうだったんです」

「そして西条さんを殺した」

「はい」

「それから?」

「奥さんともみ合いになりました。そして、弾みで、私の持っていた包丁を奥さんがつかんでわき腹へ……」

沼田美子は頭を抱えていた。「そして奥さんは、言われたんです。――『子供を残して死ぬようなことをしちゃいけない』、と……私はハッとしました。奥さんは続けて、自分たちはもういい、生きていくつもりもないし、どうせ死ぬつもりでいたんだから、と……。そして私に早く行け、とおっしゃったんです」

「奥さんは包丁の指紋をちゃんと拭き取り、自分の指紋をつけておいたんだ」

と叔父は言った。

「――時々こうして来ては、奥さんとご主人、二人へお詫びをするんです。鍵がどうしても必要なので、あの事務所の人に頼んで……ただ普通に頼んでも聞いてくれなかったでしょう」

沼田美子は私と叔父を交互に見て、

「私を警察へ連行なさるなら、どうぞ」

と言った。

開き直りでない、真の落ち着きがある、と思った。

「それは、あなたが決めることですよ」

と叔父は言った。

4

店の中で赤ん坊が泣き出した。

「ほらほら……」

赤ん坊を任されているらしい若い夫が、必死であやしているのだが、赤ん坊の泣き声はますますボリュームを上げつつあった。

喫茶店の中で赤ん坊に泣かれたのでは、親としてはいたたまれないだろう。

父親の方は、穴があったら入りたい、という情けない顔である。

そこへ母親がスーパーの袋を手に、戻って来た。

「おい、頼むよ！」

「はいはい。──どうしたの、ほら……」

母親が抱くと、赤ん坊は嘘のように泣きやんだ。

「母は偉大ね」

と私が言うと、

「慣れだよ」

と叔父はあっさり言った。

「慣れ、って？」

「抱き慣れているから、赤ん坊の方も安心していられるんだ」

「そうですね」

と私は肯いた。

そのとき、紀子が入って来るのが見えた。

「紀子！」

と呼ぶと足早に私たちのテーブルへやって来て、

「上原です」

と叔父へ挨拶した。「遅くなって申し訳ありません」

「何かあったの？」

「そうじゃないけど、運動会のことであれこれと……。それに、沼田さんの奥さんが自首したことがあったでしょ。大騒ぎ」

「そうね……」

沼田美子は、その道を選んだのだ。

「おそらく情状酌量されると思うよ」

と叔父が言った。

「叔父さんも口添えしておいて下さい」

「できるだけのことはやる」

叔父がこう言えばあてにしていいのだ。

「沙織ちゃんのことをしっかりみてあげないとね」

と私は言った。紀子が肯く。

「――叔父さん」

少し間をおいて、私は言った。「西条さんのご夫婦の事件は分ったけれど、博君の方の件は？」

「あれか」

叔父は少し考え込んで、「――あまり気持のいい話ではないぞ」

と言った。

「聞かせて下さい」

「構いません、教えて下さい」

と紀子も身を乗り出す。

「いいだろう」

と叔父は肯いた。「――答えはあれだ」

と指さしたのは……。

「今泣いてた赤ん坊のことですか？」

「その通り。子供は母親を全面的に信頼しているから、母親の腕に抱かれていると安心なのだ」

叔父は紀子を見て、「君は、博という子が、高い所が苦手で、絶対にジャングルジムに登ったりしない、と言ったね」

「はい」

「だから、あれは他殺だ、という。立派で大胆な推論だ。しかし、たとえ他殺としても、一度はあの子供はジャングルジムへ上ったはずだ。殺してから、子供の体をかかえて――子供といっても、軽くないぞ――ジャングルジムへ上り、上から落とすなどということは非常に手間のかかることだ。博は自分であれに登ったに違いない」

「でも――」

「幼稚園でジャングルジムに登らなかったのは、一人だったからだ。子供は信頼できる人間が、ついていてくれると思えば大胆なことも平気だ」

「じゃ、博君の場合も？」

「そうさ。誰がついていたのか？　仲の良い子はいなかった。では父親か？　気難しくて、子供の相手などしてくれない。――残るのは母親だ」

「西条良江が？」

「良江は博に、ジャングルジムへ上ってごらん、と言った。博が怖がると、ママがちゃんとそばにいて、危なかったらつかまえてあげるわよ、と言った。――博は安心して上る。一番上に立ったものの、やはり怖くて足がすくむ。母親へ手をさしのべると、ますます不安定になる。博はバランスを失って倒れた。そして――良江はつかまえなかったのだ」

　私と紀子はしばし言葉もなかった。

「――どうしてそんなことを？」

「博と、西条夫婦の検死報告を見ていて気付いたのだが、西条夫婦の血液型と、博の血液型は、親子であり得ないことを示している」

「それじゃ——」

「おそらく、博は、西条が他の女に生ませた子だろう。良江にとっては、愛したくとも、どうしても愛せない子供だったのだ」

「可哀そうに」

「幼稚園のこと、女の子へいたずらした疑いをかけられたことなどで、良江の神経は参っていたのだ。博を殺し、自分も夫と共に死ぬ気だったのだろう。だからこそ、沼田美子の罪をすぐに引き受けてしまったのだ」

「ひどい話だわ……」

私は呟いた。

「だからそう言ったよ」

叔父の言葉はいつも正しいのだ。

「ありがとうございました」

と紀子は頭を下げた。「この一年、胸につかえていたものが取れたようです」

「ちょっと」

と私は遮（さえぎ）った。「まだあるわよ」

「何だね？」

「幽霊ですよ。あの幽霊はどういうことなの？　本物なのかしら？」

叔父は軽く笑って、

「そのことなら、その内にはっきりするだろうさ」

と言った。叔父の言うことはたいてい正しいのである。


よく晴れた、運動会日和。

スピーカーががなり立て、音楽が流れ、声援（せいえん）が飛ぶ。

「ほら、しっかり！」

私も喉（のど）をからして応援した。

私のクラスはまとまりがいいのか、走ったりするのはだめなのだが、ゲームは強かった。

「みんなよくやったわね！　一番よ！」

子供たちがキャーキャーと飛びはねる。

ほとんど徹夜の準備で疲れてはいるが、こういうときが、この仕事の最上の報酬（ほうしゅう）

なのである。

自分のクラスの出番が一旦途切れて、私はブラブラと裏門の方へ歩いて行った。

裏門の前に、博が立っていた……。

そして、中の様子を眺めている。私はゴクリと唾を飲み込んだ。どうしよう？　私以外の誰かが見付けたらどうする？

迷っているときだった。――紀子が、お菓子の入った袋を手にやって来ると、博へと手渡したのである。

博が手を振りながら、走って行く。紀子はそれを見送って、手を振って返している。

「紀子」

と私は声をかけた。

「あ、敦子」

「――どうなってるのよ？　幽霊におやつをいつからあげてるの？」

「実はねえ……」

と、紀子は頭をかいた。「あの子は、私が昔いた児童劇団の子なの」

「何ですって？」

私は目を丸くした。「じゃ、あれはお芝居だったの？」

「そうよ。幽霊なんているわけないじゃないの」

「じゃ紀子の演技？——参ったなあ！」

「あなたの叔父さんにね、ぜひ出馬していただきたかったの。それで風変りな人で、なかなか仕事をやらないというので、一つ趣向をこらしてみたの」

「呆れた！」

私は紀子をにらんだ。

「怒らないで。後生だから」

「あの人形の話は？」

「うん、持って行ったのは本当よ。落として壊しちゃったけど。——だから、その人形に命が宿って、ってことにしようと思ったの。でも、あんまり芝居じみてると思って……」

「私のことを馬鹿にして！」

「そんなつもりじゃないのよ。ね、ごめん」

私は仕方なく笑い出した。

「一つ条件を呑んだら許してやるわ」

「何を？」

「先生同士のかけっこのとき、私に勝たせてくれたらね」

と私は言った。

『殺人予告』

1

若井信代は、帰りを急いでいた。

冬の夜は早い。——まだ六時前だというのに、とっくに道は暗い夜に包まれている。

女一人で歩くのは、ちょっと恐ろしいほどの、寂しい道である。

本当はこんな所に住むはずではなかった。都心の高級マンションで、優雅に生活している——はずだったのである。

実際、信代が若井努と結婚したときは、そういう夢にかなり近い生活をしていた。

高級とは言えなかったが、マンションに住んで、別に信代は何の用があるでもなく、日々、退屈を紛らわすのに苦労するという毎日だったのである。

その内に子供が生れ——二人、男と女が一人ずつ生れた。もちろん順番にである。

若井の仕事について、信代はよく知らなかった。何かブローカーをやって、三十代半ばという年齢の割には、かなりの稼ぎがあった。仕事の内容については、何も訊かなかったし、夫の方も、話そうとはしなかった。

結婚後、五年して、上の男の子が三歳、女の子が一歳になったとき、破局がやって来た。密輸に絡んで、若井が逮捕されたのだ。

信代は啞然として、どうしていいのか分らなかった。——離婚しても、食べて行くことはできない。

何しろ信代は手に何の職もないし、特技もないのだ。——ただ、若井が裁判で、無罪になるのを祈るしかなかった。

幸い、若井は証拠不十分で不起訴になったが、これまでの脱税分の追加徴収が、青くなるほどの金額になった。

よほど夜逃げしようかと、本気で考えたほどである。

マンションを売り、その他、方々から借金して、やっと払ったものの、若井もブローカーとしての生命は絶たれていた。

かくして、この郊外の一軒屋を、知人の紹介で安く借り、若井は、セールスマン、信代も、子供二人を保育園に預けて、馴れない勤めに出ることになった。

仕事は、駅前のスーパーのレジ係で、もう半年近く続けていた。最初は辛かったが、今はすっかり馴れて、安い日給ながら、週一度の休みで頑張っている。

若井も、車のセールスに雇われて、元来口は達者なので、結構いい成績を上げているらしかった。

「急がなきゃ……」

と、呟いて、信代は足を早めた。

曲り角を出たとき、急に、目の前に自転車のライトが迫った。

「危い！」

ブレーキが鳴ったが、よけ切れず、信代は自転車とぶつかって引っくり返った。自転車の方も、ガチャン、と派手な音を立てて、転倒した。

「あいた……」

やっと起き上ると、自転車をこいでいた人影が、駆け寄って来た。

「すみません！　大丈夫ですか」

自転車のライトに、ちょうど照らされたのは、二十五、六の青年の顔だった。自分も額に少し血がにじんでいる。

「ええ……。大丈夫です」

「すみません、急いでて、つい……」

コートを着ていたので、別にけがもしていないようだった。「ここは暗いから」

「大丈夫ですよ」

「本当に申し訳ありません」

青年は何度も詫(わ)びてから、自転車を起して、走り去って行った。

とんでもないことで時間を食ってしまった。

信代が、保育園へと駆(か)けつけたのは、七時近くだった。

「どうもありがとうございました」

と礼を言って、五歳になる長男の喜男(よしお)と、三歳の長女、美幸(みゆき)の手をひいて、家へと急いだ。

保育園から家まではほぼ歩いて十分。――大体いつも若井は帰っていない。

「あら、珍(めずら)しい」

と、家の前まで来て呟いたのは、家の中に明りが見えたからだった。

「パパ、いるね」

と、喜男が言った。

「そうね。珍しいわね」

と、信代は玄関の戸を開けた。「ただいま」

返事がない。──しかし、靴はあるし、玄関の鍵はあいていたのだから、いるには違いないのだが……。

「あなた──」

と、子供二人へ、手を洗って来いと言いつけてから、居間へ来た信代は息を呑んで立ちすくんだ。

夫が、床に倒れて、朱に染まっていた。胸のあたりに傷口が開いて、血が溢れ出ている。もう死んでいる、と直感的に分った。

「パパは？」

喜男の声に我に返ると、信代は廊下へ出て、居間の戸を閉めた。

「ここにいて、いいわね、ここにいなさい」

電話へかけつけると、信代は震える手で一一〇番を回した。

住所と事件のことを知らせて受話器を置くと、信代はその場に座り込んでしまった。

「──ママ」

と声がして、振り向くと、喜男が立っていた。「パパ、どうしたの？」

喜男の両手は、血でべっとりと濡れていた……。

「毎度ありがとうございます」

と、信代は客を送り出して、「──近藤さん、代って」

と声をかけた。

レジにいて、客の切れ目に交替するタイミング。これも結構、難しいものなのである。

信代は、休憩室へ入って、息をついた。

夕方の、一番忙しい時間に備えて、少し休まなくては。

今は、信代もここの主任だった。もちろん、レジ係の主任だから、大したことはないが、それでも本当に体がきついときは、若い子に代らせたりできるのは楽である。

信代は、バッグを取って来ると、タバコを出して、百円ライターで火を点けた。

タバコを憶えたのも、ここ半年ぐらいのことだ。

一年間。──夢中で働いて来た。

夫が殺され、強盗殺人事件として、捜査は進められたが、一向に進展も見ず、ついに一年たってしまった。

今でも、一体どうしてあんなボロ家に強盗が入ったのか、信代には不思議でならない。ともかく――事実、入ったのだから仕方ないが。そして、たまたま早く帰った夫と争いになり、夫は殺された……。

信代はバッグを探って、

「あら」

と声を上げた。何か手紙が入っている。

あ、そうだ。今朝、出がけに、郵便受けに入っていたのを、持って来たのだった。

ずいぶん古びた手紙だった。薄汚(うすよご)れて、今にも破れてしまいそうだ。

宛名(あてな)は夫の名になっていて、差出人の名はなかった。

「何かしら……」

封(ふう)を切って、中の手紙を取り出す。便せんが一枚きりで、広げると、金釘(かなくぎ)流の字で、簡単(かんたん)な文面が書かれていた。

〈お前を殺してやる。待っていろ。必ず殺してやる。S〉

信代は何度もそれを見返した。――何だろう、これは?

そして、宛名が夫の名になっていたことに気付いた。

消印を見る。――すっかり汚れて、読み取れなかった。

これは夫あてのものだ。つまり、殺してやるというのは、夫に対して言っているのだろう。

だが、夫はもう一年も前に殺されている。――どういうことなのだろう？

「珍しいね」

と、菅原は言った。

「そうね……。たまにひどく会いたくなって……」

信代は、菅原の裸の胸に頭をのせた。

「何かあったの？」

若い、信代より五歳も下の、菅原は、優しい笑顔で、信代の心をほぐしてくれる。

菅原は、あのときの――一年前の、夫が殺された日、自転車でぶつかった、あの若者である。

夫の葬儀にやって来た菅原は、

「TVで奥さんのお顔を見て……」

と、悔やみを述べてくれた。

見ず知らずの他人が、その親切が、信代には嬉しかった。

菅原は、たまたま信代の勤めるスーパーの近くの喫茶店で働いていると知って、時々、二人は会うようになった。そして半年前から、こうしてベッドを共にする仲になったのである。

「変な手紙が来たの」

「変な手紙?」

「そう。待って」

信代は、ベッドから出ると、バッグの中の手紙を持って来て菅原に見せた。

「ご主人あてじゃないか」

「ええ」

「古い封筒だなあ」

「そうなの。中がね……」

手紙を見て、菅原は眉をひそめた。

「脅迫状か。——しかし、いくら何でも、死んだ人に脅迫状とはね」

「何だか気持悪いわ」

「うん……」

菅原は手紙を投げ出すと、信代を抱き寄せた。「気にするなよ。どうってことないさ」

信代は菅原の若々しい肉体の重味を受け止めて、深く息をついた。

「――もしかすると」

「え？」

信代はシャワーを止めると、「何か言った？」

と、部屋の方へ顔を出した。

「いや、その手紙さ」

菅原は、もう服を着て、ベッドに腰をかけていた。

「どうしたの、それが？」

「いや、これ、一年前に出したものじゃないかな」

「ええ？」

信代は目を丸くした。バスタオルで体を拭きながら出て来る。

「いや、よくあるじゃないか。三年前に出した手紙がやっと届いたとか、去年の年賀状が来たとか――」

「それはそうね」

「もしこれが一年前に出したものなら……。ご主人が殺されたのは、偶然じゃなかったということになる」

信代はポカンとして、

「つまり……」

「ご主人は強盗とたまたま出くわして殺されたことになってるけど、本当は、誰かがご主人を計画的に殺して、強盗に見せかけたのかもしれないよ」

「そんな……」

信代は唖然とした。

「この手紙と封筒、借りていいかい」

「ええ」

「そういうことに詳しい奴がいる。調べてもらおう」

信代はぼんやりと考え込んだ。

やっと夫の死のショックから立ち上ったというのに……。

「どうしたの？」

と菅原が言った。「服着ないと風邪引くぞ」

「ええ」

と言ったとたん、派手なクシャミが出た。

2

「——若井さん」

と、店の若い女店員が呼んだ。

「何かしら？」

「あの——手紙です」

「私に？」

「ええ、この店気付で、〈私信〉ってなっています」

「ありがとう」

信代は、手紙を受け取って、スーパーの倉庫の方へと歩いて行った。

封筒の字を見て、一瞬ヒヤリとした。あの夫あての手紙の字とそっくりに見えたのである。

だが、今度の封筒は真新しい。封を切って中の手紙を取り出すと、〈お前を殺してやる。S〉とあった。

前の手紙とそっくりな字だ。もっとも、定規をあてて書いたような金釘流の字は、誰が書いても似て見えるだろう。

信代がレジへ戻ると、同僚の小林紀子が、ちょうど昼休みから帰って来たところだった。

「お先に」

と、声をかけてから、「――信代さん、どうしたの？」

と、びっくりしたような声を出した。

「え？　何か？」

と訊き返す。

「顔色悪いわよ」

「そうかしら……」

信代は微笑んで見せたが、それは、引きつったような笑いにしかならなかった。

遅目の昼食時間、信代は、赤電話で、菅原のいる店に電話した。この前会って、あの手紙を渡してから、一週間たっている。

「菅原ねえ。ここ一週間ばかり休んでるんだよ」

と、店のマスターが言った。

「そうですか……」

菅原の自宅は知らない。アパートで、管理人が呼び出し電話をいやがると聞いていたので、敢えて訊かなかったのだ。場所も分らない。

よりによって、こんなときに、と信代は菅原を恨んだ。それにしても、気味の悪い手紙だ。いやがらせにしても、理由が全く分らない。

どうしたものかと、信代は思案にくれた。——その日は、よくレジを打ち間違えた。

帰り支度をしていると、小林紀子が声をかけて来た。

「具合悪いんじゃないの？」

「そんなことないの。ただ——ちょっと気がかりなことがあってね」

紀子は少し間を置いて、

「もし私でよかったら、話してみて」

と言った。

紀子は信代より大分若い。二十六、七というところか。まだ独身で、気楽に暮しているようである。

そう親しいわけでもないのだが、今は、自分一人の胸にあの手紙のことをしまい込んでおくと、不安でおかしくなりそうだった。

「そうね……。ちょっと聞いてもらえる？」

「いいわよ。お宅(たく)――子供さんはいいの?」

「大丈夫。上の子は小学校にいるし、下は保育園に行ってるから」

「じゃ、近くでお茶でも飲みましょうよ」

と紀子は誘(さそ)った。

手近な店で紅茶を飲みながら、信代は二通の手紙のことを紀子に話して聞かせた。

「怖(こわ)いわねえ」

紀子は目を見開いて、「ご主人が殺されたっていうことは聞いてたけど、そんなことがあったなんて……」

「どうしたらいいか、分らないの」

と、信代は首を振った。「いたずらだとは思うんだけど」

「でも、いたずらにしては、前の手紙とそっくりなんでしょ? じゃ、同じ人間が出してるのよ」

「そうねえ。でも、私、人に恨まれる憶えなんかないのに……」

「そういう変な人って、人の思いもよらないようなことを根に持ったりするものよ」

「いやだ。脅(おど)かさないで」

「やっぱり危険よ。子供さんだっているんだし」

そうだった。――信代は紀子に言われてギクリとした。母親でありながら、二人の子供のことを忘れていたのだ。

そして信代は、一年前のあの夜、手を血だらけにして立っていた喜男の姿を思い出した……。

「私、警察へ行ってみる」

と、信代は言った。

その日は、もう時間が遅くなり過ぎていたので、信代は警察へ行くのを明日にして、家路を急いだ。

暗くなっていたが、この道も一年前に比べると、ずっと人通りも増え、街灯もついて、危い道ではなくなっていた。

保育園と遊びに行っている友だちの家を回って、二人の子供の手をひき、家へ帰り着く。

家といっても、今はアパート住いだ。夫の死後、すぐ近くのアパートに移ったのである。夫の収入なしでは、とても一軒家など借りていられない。

六畳と四畳半。典型的な賃貸アパートだった。

「あら、回覧板」

信代は玄関のドアのノブにぶら下げてあった回覧板を手にして、中へ入った。

ストーブを点け、子供たちにおやつのクッキーをやっておいて、回覧板に印を押す。

「ちょっと二階へ持って行くからね」

と声をかけると、小学校一年の喜男が、

「はーい」

と返事をする。手はもうTVのスイッチをひねっていた。

TVばかり見て……。感心はしないが、こういう家庭では仕方のないところもある。

信代は外の階段を降りて、一階の、このアパートの世話役の家へ回覧板を返しに行った。

玄関のブザーを鳴らしたが、返事がない。

「留守かしら……」

と、信代は呟いた。明りはついているようだが。

背後に、足音がした。

「あ、ちょうど良かった――」

と、振り向いた信代が、回覧板を、たまたま胸のあたりに持っていたのが、幸いだった。

ガン、と手応えがあって、ナイフの先が回覧板に突き刺さった。

「——どなた？」

部屋の中から声がして、鍵の開く音がする。

その人物は、素早くナイフを引き抜くと、逃げて行った。ドアが開いて、五十がらみの主婦が顔を出す。

「あら、どうしたの、若井さん？」

信代は、よろよろと後ずさって、壁にぶつかると、そのまま、その場に座り込んでしまった……。


「なるほど」

その、五十近いと思える刑事は、至ってのんびりと言った。信代は、相手がまともに取り合ってくれていないのかと思って、ちょっとムッとした。

「本当なんです！　その回覧板の傷を見て下さい」

刑事はちょっと目を見張って、

「ああ、いや、別に疑っているわけじゃありません。そんな風に見えますか。どうも私はボサッとしておりましてね。申し訳ありません」

そう本気で謝まられると、信代の方も気まり悪くなって、

「いえ……。すみません。つい取り乱して」

と詫びた。

「いやいや、不安なのは当然ですよ」

と、刑事は手紙を広げて、「この前の手紙は、何とかいう人が持っているんですな？」

「はい、菅原さんが」

「そちらが見たいですな。警察で調べれば、いつ頃出したものか見当がつきますよ」

「今、連絡が取れなくて」

「どこかの店にいらしたとか？　教えて下さい。私の方で調べますよ」

刑事は、信代の言った店の名と電話番号を控えて、

「この人は……あなたとどういうご関係です？」

「あの──友人です」

と、信代は口ごもった。

「恋人、ということですな」

「はあ……」

「いや、当然のことですよ。ところで、そのあなたを刺そうとした男ですが――」

「男かどうかも分りませんでした」

と信代は言った。

「ああ、なるほど。つまり、全く顔は見えなかった、と?」

「突然でしたし、私はもうショックで……それにあそこはとても暗いんです」

「しかし、命拾いしましたねえ」

と、刑事は回覧板を眺めて、「――あ、私は佐伯といいます。よろしく」

と突然挨拶した。どことなく、とぼけた風貌で、信代はごく自然に微笑が浮かぶのを感じた。

「夫が殺された件については――」

と、信代が言いかけると、佐伯というその刑事は、

「その件については、今、照会中です。私も今朝、あなたがみえるというので、記録を読み直してみましたが、確かに、頭から強盗殺人と決めてかかっているようですな。ご主人が一時、無罪になったにせよ、密輸事件に関連して逮捕されたこともあるのだから、もう少し慎重に当るべきでした」

信代は、ボンヤリに見えるその佐伯という刑事が、そこまで目を通していたのを知

ってびっくりした。

「ご主人が亡くなったとき、誰か、恨みのある人間の犯行だと思いましたか？」

「それは……」

と、信代は肩をすくめて、「考えませんでした。ともかく——明日から子供二人抱えてどうやって生きて行こうかと、そればかり気になって」

「なるほど。それは当然でしょうね」

と、佐伯は肯いた。「——分りました。ともかく、一年前の事件については、これから再調査してみます。そしてあなたの身柄については、刑事を一名、そばにつけておきますので」

「でも、そんなことまでしていただかなくても……」

と恐縮する信代へ、佐伯は優しく笑いかけた。

「もっとも、あまり優秀な刑事はつかないかもしれませんよ。一線にはもう、ちょっと年齢を取りすぎてて、まだ隠退させるにはもったいない、という程度の……」

信代は佐伯の顔を、まじまじと見つめた。

「その通り、私です」

と佐伯は会釈した。

3

三日が過ぎた。

佐伯は、昼も夜も、信代のそばについている。といっても、スーパーで働いている間は、客の目につかないように、少し離れて、そして夜、玄関で別れてからは、表に停めた車の中で、信代を護(まも)っていた。

自分では、役立たずの老いぼれのようなことを言っているが、その実、かなりのベテラン刑事であることは、たまに一時的に交替する若い刑事たちの、佐伯に接する態度を見ていると分る。

信代は、この三日間で、すっかり落ち着きを取り戻した。それはやはり佐伯のせいであると言うべきだろう。

四日目のお昼だった。

「――お先に」

小林紀子が、昼食を終えて戻って来ると、入れ替りに信代はレジを出た。

店を出ると、佐伯が待っていた。

「例の菅原さんという人の住所が分りましたよ」

「まあ、そうですか」

「行ってみますか」

「でも、そんなに近いんですの？」

「ここから歩いて十分ほどです」

「まあ」

と、信代は驚（おどろ）いた。菅原はそんなことを言ったことがないのである。

「もしよければ昼食前に」

「ええ、もちろん結構ですわ」

と、信代は肯いた。

歩きながら、信代は、菅原に他の恋人ができているのかもしれない、と思った。それでも不思議はない。何しろ信代は菅原よりずっと年上である。

そうならそうで、気持良く別れてあげようと、信代は心に決めた。

「――このアパートだ」

と、佐伯は言った。

ごく当り前の、信代の住んでいるのと大差ないアパートだった。佐伯が、郵便受を

見て、

「二〇二か。上りましょう」

二人が、細い階段を上って行くと、小さな子供の声が迎えてくれた。二階の廊下を、三輪車が我が物顔で走り回っている。

「ここですね」

と、佐伯はブザーを押した。しばらく押し続けたが、返事がない。

「留守かな」

と、呟くと、ドアを開けてみた。「開いてますよ」

と、佐伯は中へ入って行った。

信代も佐伯に続いて入ろうとしたが、

「入らないで！」

佐伯が、まるで別人のような声で押し止めた。

「どうしたんです？」

「ここにいて下さい」

佐伯は、一人で上り込んだ。――信代も、じっとしてはいられない。不安に駆られながら、靴を脱いで上がった。

奥の、襖が開いて、佐伯の姿が見えた。

「佐伯さん……」

佐伯は信代の姿を見ると、もう止めようとはせずに肯いた。

「死んでいます」

信代は短く息を吸い込んだ。

菅原は、畳の上に大の字になって倒れていた。パンツだけの裸で、胸から腹にかけて、生々しい傷口が開いている。

信代は一瞬、よろけた。佐伯があわてて支えると、玄関の方へ連れて行く。

「大丈夫です……」

と、信代は肯いた。

「私は下へ行って、管理人に会って来ます。それから電話もしなくては。——一人でいられますか？」

「ええ。ご心配なく。もう大丈夫です」

「では、よろしく」

と、佐伯は階段を駆け降りて行った。

信代は廊下へ出ると、じっと目を閉じて胸に手を当てた。——菅原が死んだ。それが信じられない。

　悲しみとか、そんな気持ではなかった。そんな情緒が湧いて来るには、あまりに大きなショックで、見えない手に殴られたような、そんな気分だった。

　パトカーが到着すると、佐伯はきびきびと指示を与えた。いつもの、おっとりした佐伯からは想像ができないほどの、機敏な動きだった。

　一通り、手配を終えると、佐伯は信代を促して階段を降りた。

「――お仕事があるでしょう。若い刑事をつけますから、戻って下さい」

「はい。あの人は……」

「まだ殺されて間もないですね。――何か分ったら、お知らせしますよ」

「お願いします」

　信代は、自分でも何だかおかしくなるほど丁寧に頭を下げた。

　スーパーに戻ってから、やっと信代は、夢からさめたような気分だった。

「どうしたの？」

　心配そうに小林紀子が近付いて来る。

「殺されたの……」

　と、信代が囁くように言った。

「え？」

「あの人が……殺された……」

信代は、不意に涙が頬を流れて行くのを感じた。

「――鋭い刃物で刺されているようですね」

佐伯は手帳を見ながら言った。「たぶん、その前に女と寝ているようです」

そう言ってから、あわてて、

「いや――まあ――それは推測ですが」

と付け加える。

「分ります。だから、あんな格好だったんでしょう」

と、信代はしっかりした声で言った。

次の日の昼休みである。二人は、近くのソバ屋に入っていた。

「で、これなんですがね」

と、佐伯は、大きな封筒の中からプラスチックの薄い板に挟まれた手紙と封筒を出して、信代に見せた。

「どうです？　例の手紙ですか？」

信代はしばらくそれを見つめてから、

「はい」

と肯いた。

手紙の端には赤茶けたしみがある。どうやら血痕らしかった。

「この手紙は死体のそばに落ちていたんですよ」

と佐伯は言った。「ということはつまり、犯人はこれを奪う気で菅原さんを殺したのじゃない、ということですね」

「なぜですの?」

「手紙はすぐ目につく所にあったんです」

と、佐伯は説明した。「もしこの手紙が必要なら、持って行かないはずがありませんからね」

「それじゃ——」

「まあ、色々と考え方はあります」

と、佐伯は微笑んだ。「さあ、ソバを食べましょう」

一緒にいると、不思議とそのペースに乗せられてしまう。佐伯はそんな相手だった。

「——手紙を調べてみましたよ」

ソバを食べながら、佐伯は言った。

「どうでした？」

「古く見せてはありますがね、新しいものですよ」

「それ……」

「封筒、便せんともに、確かに古い物を使っています。しかし、貼ったのりや切手の具合を調べると、ごく最近のものと分るんです」

「じゃ、あの手紙は誤って遅く着いたんじゃないんですか」

「誤って、も何も、投函されていないのですよ」

信代は唖然として佐伯を見つめた。

「でも、消印が……」

「汚れて見えなかったでしょう。あれはただ黒く汚して、消印らしく見せているだけですよ」

「まあ……」

信代は呆れて、「じゃ、うちのアパートの郵便受に直接入れて行ったんですね？」

と訊いた。

「そうです。よく見て下さい。この宛名は、ご主人と一緒だった頃の旧住所になっている。これを入れた奴は、たぶんこれが、郵便局の方で新住所へ届けてくれたとあなたに思い込ませたかったんですよ」

「そう思いましたわ」

「しかし、実際、犯人はあなたのアパートを知っている」

信代はゆっくりと肯いた。

「すると、その手紙は何のために？」

「そこです」

ソバを食べ終えて、佐伯はゆっくりお茶を飲んだ。

「――〈殺人予告〉の手紙というやつですが、それはねえ、小説の中ぐらいしか出て来ない。お分りでしょう。そんなものを出しても、一向に犯人にはメリットがないのです」

「分ります」

「もらった方は用心する。そうなれば当然、犯人もやりにくいわけですからね」

「じゃ、この手紙は――」

「この場合は、内容は殺人予告だが、現実には後から――ずっと後から出されている。〈殺人後告〉とでもいいますかね」

「理由が分りませんわ」

「その通り。きっと何か目的があるはずだが——」

と、佐伯は首をひねった。

午後、勤務していると、佐伯が手を振っているのが目に入った。紀子が休みなので、手近な若い店員にレジを任せ、離(はな)れた。

「——何かありまして？」

と信代は訊いた。

「いや、ちょっと急に呼び戻されましてね。すみませんが」

「大丈夫ですわ、私なら」

「代りの者が、後で来ると思いますが」

「分りました」

佐伯が急ぎ足で立ち去る。信代はレジに戻った。

十五分ほどして、若い店員の一人が駆けて来た。

「若井さん！　大変です」

と息を切らして、「すぐに帰って下さい」

「何なの、一体？」

と、信代は訊いた。

レジの途中で放り出すわけにはいかない。

「今、保育園から電話で――」

「保育園？」

美幸に何か――と、とっさに頭に浮かんだ。

「お嬢ちゃんがけがなさって、至急来てほしい、と……」

「分りました」

信代は、やりかけだった主婦の買物を、きちんと打って、「後をお願いね！」

と、駆け出した。

美幸が。――美幸に何があったのだろう。

母親として、落ち着いてはいられない。急いで服を替えると、スーパーを出て、タクシーを拾った。

一瞬、佐伯に何も言わなかった、という思いが頭をよぎったが、今はそれどころではなかった……。

4

保育園へ行くのには、近道がある。

少し寂しい小径だが、そこを抜けると、保育園の裏に出るのだ。

信代は、ためらわず、その道を選んだ。

保育園へ着いたときは、息を切らしていた。――いつの間にか、自分でも分らない内に、走っていたらしい。

園庭に、子供たちが出て、運動している。信代は表へ回ろうと歩きかけた。

「ママ！」

と、美幸の声がして、振り向くと、園庭で、美幸が元気に手を振っている。

信代は、しばし立ちつくしていた。

「――まあ、そんな電話はいたしませんわ」

と、保母が言った。

「そうですか」

信代は胸を撫でおろした。「でも、何もなくて良かった……」

「いやですねえ。きっといたずら電話でしょう。私どもも充分に用心しますわ」

「よろしくお願いします」

信代は、保育園を出た。

何事もなかったのは嬉しいが、では、その電話は誰が何のためにかけたのか。そこが薄気味悪かった。

ともかく、今日はスーパーを早退して来てしまったのだ。

信代は家へ戻ることにした。——店へも連絡しておこう。佐伯の代りの刑事が来ているはずだ。

アパートに着くと、隣の奥さんが、

「今日は早いわね」

と声をかけて来る。「具合でも悪いの?」

「いいえ、別に」

説明のしようがなくて、そう答えると、信代は曖昧に笑いながら、階段を上った。

部屋へ入ると、何か急に疲れが出たようで、信代はペタンと座り込んでしまった。

電話しなきゃ、と思いつつ、体の方はいつしか横になっている。

本当に、普通の日の昼間に、こうして、家でのんびりしているのなんて、何年ぶりだろうか。

信代は、ずっと昔の、まだ働きにも出なくて良かった頃のことを思い出していた。

——今思うと、夢のようだ。

懐しんでみても始まらない。それが分っているから、今までも考えなかったのだが、時として、何とも切ないほどに思い出されて、たまらなくなることがある。

そんなときには、無理をしないことに、信代は決めていた。しばらくその夢に身を任せていると、いつしか、消えて行くのが、経験で分っていたのである。

信代はふと目を閉じた。——眠っちゃいけない。電話もしなきゃ……。

そう考えるほどの間もなく、信代は眠りに落ちていた。

手を後ろに強く引張られる感じがして、目が覚めた。

しばらくは、意識もはっきりしない。手首に食い込む痛みがある。足首も。そして……。

信代はハッと顔を上げた。両手、両足が、洗濯物を干すナイロンロープで縛られているのだ！

叫び声を上げようとして、信代は猿ぐつわをかまされているのに気付いた。

背後で、引出しを引っくり返している音がする。――強盗か?

信代は、夫の死に様を思い出して身震いした。

畳に、色々な物が落ちて散らばる。

犯人は、まだ信代が目を覚ましたと気付かないようだ。信代は目を閉じていた。

しかし、手足を縛られて眠っているというのも、おかしなものだろう。――信代は割合に冷静だった。

いや、やはり、危険や恐怖が、まだ肌にまで迫って来ていないのだ。それよりも、誰だろう、という好奇心の方が先に立った。

目を細く開くと、足が見えた。――女の足だ。

「――起きたのね」

聞き憶えのある声がした。――まさか!

信代は顔を上げて、その顔を見上げた。

小林紀子が、信代を見下ろしていた。

「――びっくりした?」

紀子は、ちょっと笑って、信代の前に座り込んだ。

「気の毒だけど、そのまま聞いてね」

信代は身動きできなかった。かなりの力で縛ってある。

「私はね、菅原さんの恋人だったのよ」

と、紀子は言った。「——分る？　あなたが彼とくっつくまでは、彼は私一人のものだった……」

紀子は目を空中へ向けて、続けた。

「あの人は隠してたけど、私にはすぐに分ったわ。彼に恋人ができた。そしてそれはあなただった」

紀子はため息をついて、「信じられなかったわ。あなたのように、ずっと年上で、しかも子供が二人もいる女に、彼を奪われるなんて。もっとしゃくだったのは、彼が、それでも私と手を切ってくれればまだよかったのに、私との仲も、ズルズルと続いていたことね」

紀子は立ち上ると、ゆっくり部屋の中を歩き回り始めた。

「私はあなたが憎かった。——割合簡単に、殺してやろうという決心がついたわ」

信代は、歩いている紀子の方へ顔を向けた。

「——考え違いしないで」

と、紀子は言った。「あなたの旦那を殺したのは、私じゃないわよ。あの手紙？そうね。いい考えだと思わない？　わざと遅れて配達されたように見せれば、警察も、きっとあなたの旦那を殺したのは、何か恨みのある人間に違いないと思うでしょ。そこへ同じ手紙があなたの所へ届く。あなたが殺されたら、まず、犯人は旦那を殺したのと同じ人間だと考えてくれるでしょ」

と愉快そうに笑う。その笑いが、あまりにいつもと同じなのが、却って無気味だった。

「ところが、ちょっと見込み違いだったのが、あなたが、彼に手紙を見せたことね。彼、それを見て、私が作ったんじゃないかと察したのよ」

紀子は首を振って、「金釘流の字でも、知らない内に、字の癖って出るものなのね」

と言った。

「まあ、私はもちろん、そんなこと知らないと言ったわ。でも、菅原さんが疑っていることは、様子で分った。これであなたを殺せば、彼が事実を察するかもしれない。そうなったら、こっちもおしまい。——あなたを殺すのを諦めるか、でなければ、あなたと彼を二人とも殺すしか手がなくなったわけよ」

紀子は、信代の傍に膝をついて、

「そして、決めたの！　あなたを殺さないでいられない。だから、彼も殺したわ。もうそろそろ、こうなる運命だったのかもしれないわね」

紀子はそのまま微笑んで、言った。「──今日だって苦労したのよ。あのいつもくっついてる刑事に偽の呼出しをかけ、保育園からといって、あなたをこっちへ呼んだ。──でも、保育園へ行く近道があったのね？」

信代は肯いた。

「せっかく待ち伏せていたのに、むだ骨だったわ。それで仕方なくこのアパートにしたのよ。──まあ、警察がどう思うか、みものだわね」

紀子は、むく、と立ち上り、

「すぐに楽になるわよ」

と、鋭いナイフを取り出した。

信代は身を縮めた。しかし、どうやって抵抗できるだろう？

「あ、そうだ」

紀子は言った。「強盗らしく見せるために、もっと派手にした方がいいのよね」

紀子は立上って、信代の方へ背を向けた。

考えるより早く足の方が動いた。縛られた両足で、思い切り紀子の背をけとばしたのである。

不意を衝かれて、紀子は前によろけた。そして、食器戸棚の角に、ひどく頭をぶつけた。

苦痛に呻いて、紀子がかがみ込む。

信代は、ゴロゴロと玄関へ向って、転がって行った。ともかく、助けを呼ぶことができれば……。

引きずるようにして、玄関へ到達した。しかし、声が出なかった。

「ウ……ウ……」

と、必死で呻き声を絞り出す。

突然、紀子が、信代にのしかかって来た。紀子の両手が、信代の首にかかる。

信代は必死にもがいたが、紀子は、若さにものを言わせて、相手にしない。首に、紀子の指が食い込んだ。

目の前が暗くなって来た。――死ぬんだ、と思った。

体中の力が抜けて行く。そして……。

信代は意識を失った。消えかけた意識の中で、佐伯の声を聞いたような気がした。

目を開くと、おぼろげな顔の輪郭(りんかく)が見えた。——そして、それは、佐伯の顔になった。

「私……」

と言いかけて、信代はむせた。

「落ち着いて。助かったんですよ！」

と、佐伯が言った。

「助かった……」

「そうです」

そこは病室だった。白い天井、白い壁……。

「子供たちは？」

「ご心配なく、そこの廊下で遊んでいますよ」

信代は、そっと息を吐(は)き出した。そして、ふと、思い付いて、

「あの人は？　紀子さんは？」

「逮捕しました。——あの女、以前にも、別れ話のもつれで、男にけがをさせたことがあるんです。精神鑑定(かんてい)が必要かもしれませんがね」

「では、夫を殺したのは……」

「おそらく強盗だと思います。しかし、一応再調査していますから」

佐伯は相変らず穏(おだ)やかで、おっとりしていた。

信代は、ホッとして、天井を見つめた。

「申し訳ありませんでした」

と、佐伯が言った。

「あら、何でしょう?」

「あの女が、偽の呼び出しをして来たとき、ピンと来ていたのです。それで、お宅の方へ直行したのですが、途中であなたが保育園に向ったと聞いてそっちへ向ってしまったのです」

「いや、他の道へ、入れ違いに……」

「おそらく。――それで、あんなぎりぎりに駆けつけることになってしまったんです。後一分遅ければ、あなたは死んでいたでしょうね」

「でも生きてますわ」

と、信代は言って咳払(せきばら)いした。「ちょっと喉(のど)が変ですけど」

「あの女、何か言っていましたか?」

信代は、紀子の話をくり返した。佐伯は肯いて、

〈殺人後告〉か。――確かに、狙いは悪くなかった。実際、我々も乗せられるところでしたからね」

と言った。

病室のドアが開いて、喜男と美幸が入って来た。

「まあ、あんたたち……」

涙が溢れて来て、言葉が続かない。

「ママ、ねえ、ママ」

喜男が言った。

「何？」

「お腹空いたよ」

佐伯が愉しそうに笑った。信代も、涙を流しながら笑い出していた。

『幽霊屋敷』

1

「うちには幽霊が出ますの！」

三沢しずえの、この一言が、めったなことでは外へ出たがらない、我が友人、中尾旬一を動かしたのである。

場所はともかく、雰囲気だけは、幽霊が出ておかしくない晩であった。

窓の外には、東京に珍しい濃い霧が流れ、車の流れはいつになく慎重で、方々で霧のための渋滞が起っている、とニュースが告げていた。

比較的新しい超高層ホテルの一つ、ホテルCの三階のレストランには、外国人客の姿も多かった。夕食はなかなかの味で、それを、相手の招待で支払いを気にしなくてもいいとなれば、食も進もうというものである。

もっとも、招待が何かの下心あってのものでは、こうはいかない。三沢しずえの場合は、金持の未亡人であり、色々と変った趣味(しゅみ)に金を浪費(ろうひ)することで知られていたから、私の如(ごと)き貧乏(びんぼう)医者の懐(ふところ)をあてにするはずもなく、安心していられたのだ。

それに招待されたのは、中尾旬一であって、私はその付き添(そ)いに過ぎない。

食事を終え、窓際のテーブルに移って、デザートを食べながら、三沢しずえが、

「うちには幽霊が出ますの!」

と言ったのである。

「なるほど」

その程度のことで、表情一つ動かす中尾ではない。

「古城にでもお住いですか?」

「いいえ。つい一年前に建ったマンションですわ」

「すると恨(うら)みの残りそうな伝説はないわけですね」

中尾旬一は私より五歳(さい)ほど上の、四十代初め。やや太り気味なのは、運動不足と美食との必然的な結果である。

頭が少しはげ上って、知的な額を強調している。小さな眼と童顔が、薄(うす)くなった頭

部と奇妙なバランスを保っていた。

親の遺産は、食い潰すのが不可能なほど多くはなかったが、気ままに優雅な暮しを楽しむに充分な程度はあって、この生来の天才的怠け者は、理想的な生活を続けていた。

「だから不思議なんですの」

三沢しずえは屈託のない口調で言った。もう五十歳を遥かに越えているはずだが、四十五、六にしかみえない。気まま勝手に生きているのと、その目の輝きの示すように、子供のような好奇心のゆえに、老け込むことはないのだろう。

「で、私にその幽霊退治をしろとおっしゃるんですか?」

中尾の言葉に、三沢しずえは目をますます大きく見開いて、

「いいえ! いなくなってしまったらつまりませんわ。ただ、内気な幽霊でしてなかなか姿を見せてくれませんの。ぜひ中尾さんのお力で引張り出していただきたいのです」

さすがに、この変った依頼には中尾も面食らったようだが、この名探偵も、負けず劣らずの変り者である。

「なるほど」

と、すぐに真顔で肯いた。「しかし、幽霊を明るい所へ引張り出すと、消えてしまうのではありませんか」

「それならそれで仕方ありませんけど、声や音ばっかりで、一度も姿を見せずに終るなんて、たまりませんわ」

と三沢しずえは言った。

コーヒーが来た。

「その声とか音というのは、具体的には、どんなものなんですか?」

「要するに声と音なんです。音の方は色々です。足音とか、何かを引きずるような音とか」

「上の階の音じゃないのですか」

「私もそう思いましたの。でも頭の上からだけじゃなくて、壁の中からも聞こえて来るようなんです。外からの音とか、どこかから伝わって来る音では絶対にありません」

ときっぱり言い切る。

「分りました」

中尾はコーヒーカップを取り上げて、一口飲んでから、「声の方はどうです?」

「そうですね。声の方はかなりはっきりしていますわ。私に呼びかけて来るんです」

「名前を言って？」

「そうです。『しずえさん』って」

「どんな声です？」

「さあ。――男の声ではあるようですが、低くてかすれているから、誰の声とは分りません」

「他に何か意味のあることを言いますか？」

「そうですね。よく聞き取れないことも多いんですが、『僕の気持』がどうしたとかって言うこともあります」

「マンションへ入られたときから、ずっと聞こえているのですか？」

「いえ、この半年ぐらいでしょうか。もっとも、私、忙しくてマンションへ帰らないこともしばしばですから、もっと前から聞こえていたのかもしれませんけど」

私は、中尾がこの手の話を好むことは分っていたが、三沢しずえの場合は、あまりに漠然としているような気がして、まして引き受けるものやら、いささか気がかりであった。

「失礼ですが」

と、中尾は言った。「マンションにはお一人でお住いですか」

「手伝いの娘がいます。一人、いつも同じ娘とは限りませんけど。それに秘書の下村清美という女性。――有能ですけど、彼女を見ていると、世の中には、男と女と秘書という三種類の性別があるような気がしますわ」

三沢しずえの言葉に、中尾は愉快そうに笑った。どうやら気に入ったらしい。

「おいで下さいます？」

彼女の問いに、中尾は快く肯いて、

「伺いましょう。いつがよろしいですか？」

「まあ良かった！ それでは今度の週末を私の所でお過ごし下さいな。ともかく、夜中にいていただかなくてはどうにもなりませんもの」

三沢しずえは、至って上機嫌で帰って行った。私と中尾は席を同じホテルのカクテルラウンジへ移した。

「谷川君」

と中尾は席に落ち着くと、言った。「どう思ったね、彼女の話は？」

「そうだな。金持の有閑婦人だからね。想像力を逞しくしているんじゃないのかい」

「僕にはそうは思えないね」

中尾は意外に真面目な口調で言った。私はちょっと驚いた。

「すると、何か犯罪の匂いがあるというのかい?」

「そこまでは分らない」

と、中尾は言った。「しかし、もし作り話だとしたら、ずいぶんおとなしい幽霊じゃないか?」

「ああ、君の言いたいことが分ったよ」

「僕をただ引張って来たいだけなら、もっと派手な幽霊話をでっち上げるさ」

「じゃ、彼女は本当の事を言ってるのか」

「おそらくね。幽霊そのものの実在はともかくとしてだ」

そのとき、私たちのテーブルの前に、誰かが立った。

「失礼します。中尾旬一さんでいらっしゃいますわね」

顔を上げて、

「そうですが」

と相手の女性を素早く一瞥して、「下村清美さんですな?」

「よくおわかりですわね」

と、下村清美は、ちょっとびっくりした様子であった。

三沢しずえの描写した〈秘書〉のイメージは、ある意味では正確だったし、ある意味では正反対であった。

下村清美は三十代の半ばという感じで、確かに女っぽい色っぽさなどはどこを探しても見当らないが、いわゆるキャリアウーマンとしては、冷たい感じの美人であり、それなりの魅力を具えていた。

「今夜、三沢しずえさんとお会いになりましたね」

空いた椅子に腰をおろして、下村清美は言った。

「ええ、会いました。おそらくお膳立てはあなたが——」

「はい、そうです。いつも人と会う約束などは、全部私がアレンジします」

「で、私に何かご用でしょうか」

「三沢さんとはどんなお話をなさいましたか」

中尾はちょっと笑みを浮かべて、

「秘書のあなたがご存知ないのですか」

と言った。下村清美は、ややムッとしたように、

「お話の内容まで分りません」

「私も一応探偵ですから、依頼人の話の中身は、たとえご家族の方にでも話せません

な」

「マンションへあなたをご招待申し上げたでしょうか」

「それにはイエスとお答えします」

「分りました。それをうかがいたかったんですの」

「――まあ何か飲みませんか」

「勤務中ですから」

「警官でもあるまいし、いいじゃありませんか。四六時中勤務なのでしょう？」

「ええ」

「アルコールは大丈夫でしょう？　何を飲みますか？」

下村清美は、ちょっとためらっていたが、すぐに笑みを浮かべて、

「では水割りをいただきます」

と言った。なかなか笑顔は魅力的である。

「ああいう方の秘書というか仕事は大変でしょうね」

と中尾は言った。

「ええ、楽ではありません。何といってもお金持は気まぐれですし。でもお給料はとてもいいですし、あの方も、性格を呑み込んでしまえば、付き合い難い方ではありま

せん」

下村清美はグラスを傾けながら言った。

「どうしてわざわざ後をつけておいでなのですか」

「お気を悪くされると困るのですが――」

「構いません。探偵は常にワトスン役の悪口と皮肉にさらされていますからな」

「おい――」

私が抗議しかけるのを無視して、中尾は続けた。

「つまり私が『食わせもの』でないかどうか、確かめにいらしたのですか?」

「そんなところです」

下村清美は肯いて、「でも、これはいつもの私の仕事なのですわ。あの方は、いろいろと珍しい人を客に招ぶ癖がありまして、中にはずいぶんいかがわしい人もいます。ですから私が後で確かめて、危いと思う人とはお金で話をつけるのです」

「三沢さんはご存知ないのでしょうね」

「もちろんです。私が、あちらから都合が悪くなったので断って来られたと申し上げることにしています」

中尾は、ちょっと不思議な目で下村清美を眺めると、

「で、どうです？　私は合格ですか？」

と言った。下村清美は微笑んで、

「もちろんですわ」

と答えた。

2

「――これが幽霊屋敷かい？」

私は呆れて言った。迎えのハイヤーを降り立って、目の前にそびえるレンガ色の巨大な直方体は、どう見ても、幽霊の出る古城とは見えなかった。

「時代が変ったのさ」

と、中尾はさして驚く様子もない。

週末の夜、私たちは、三沢しずえのマンションへやって来た。重いガラス扉を開けて入ると、管理人らしい男がやって来た。

「三沢さんのお客さんですか？」

「そうです」

「今日は一体何の騒ぎです?」

管理人はいささかうんざりしたような顔で言った。私たちは顔を見合わせた。

エレベーターで十一階へ上る。

廊下へ出ると、何やら騒々しい話し声、音楽などが洩れている。

「どこかでパーティでもやってるらしいじゃないか」

と私は言った。「幽霊が恐れをなして出て来ないんじゃないか」

「おいおい」

中尾はドアの前で足を止めて、「どうやら震源地は、当の三沢しずえの部屋だよ」

「まさか!」

しかし、それはどうやら事実だった。ドア越しに、にぎやかな笑い声が聞こえて来る。

チャイムを鳴らしても、なかなか返答はない。騒がしくて聞こえないのではないか、と思った。

と思ったら、急にドアが開いて、当の三沢しずえが立っていた。

「まあ、よくいらっしゃいました!」

ドアが開くと、ますます室内の喧騒が溢れ出て来る。

「何事です、一体？」

と中尾が訊いた。

「お友達が大勢みえていますの。一人お招びすると、他の方をお招びしないわけにはいきませんでしょ。で、あの人もこの人も、といっている内に、三十人近くになってしまいまして」

「――幽霊歓迎のパーティでも開くつもりなんですか？」

「ご心配いりませんわ」

三沢しずえは、こっちの気持を見てとったようで、にこやかに笑うと、「幽霊が出るのはもっと遅くなってからで、その頃にはみんな静かにしていてくれと言ってありますから」

しかし……。抗議の言葉は、呑み込まれてしまった。

広々とした居間は、即席の立食パーティの会場と化し、派手に着飾った男女で埋っていた。

「どうぞ一杯召し上って。私、ちょっと他のお客様の相手をしなくてはなりませんの。ご自由にやっていらして下さいね」

「はあ……」

呆れ顔の私たちを残して、三沢しずえは、さっさと他の客の間に紛れて行ってしまった。

「いや、ユニークな人だな」

中尾は笑い出した。「仕方ない。我々もごちそうになるか」

適当にカクテルを取って飲んでいると、人をかき分けて、下村清美がやって来た。

「やあ、先日は」

「こんな大騒ぎになってしまって」

下村清美は苦々しい顔で、そう言うと、

「ちょっと内密にお話ししたいことがありますの。一緒にいらしていただけませんか」

「分りました」

私たちは下村清美について、小部屋へ——といっても、私の家の居間より広い——行った。

「わざわざおいで願って、本当に申し訳ないんですけど、私どもの企画に一枚加わっていただけませんでしょうか」

「企画？」

「三沢さんには何も言っていないんですけども、これだけの人を集めて、何も出なかったら、大変なことになります」

「大変なこと、というと？」

「あの方にとっては、今日の集りはとても大事なことなのです」

「一体、どういう人たちが集まっておいでなんですか？」

「ジャーナリスト、新聞記者、TV局の人、その他、マスコミ関係の人がほとんどなんです」

「呆れたな！」

中尾はため息をついた。

「どうぞ誤解なさらないで下さいね。あの方は決してあなた方を人集めのだしにしようなどとお考えではないんです。ただ、単純に珍しいものは人に吹聴して回りたい、という欲望を抑えきれないのですわ」

中尾はしばらく考えていたが、

「で、何をどうしようとお考えなんです？」

「演出です」

と、下村清美は言った。「昨日、あの方がこんな大パーティをやると分ったものですから、夜、別荘の方へお泊りになる間を利用して、大工と電気屋を呼びましたの」

「大工と電気屋？」

「壁の中、天井裏にスピーカーを仕込んでそこから声や音を出そうと思いまして」

「その工事を一晩でやられたんですか？」

「ええ、料金三倍ならやると言うので、五倍払って、徹夜でやらせました」

全く金持の考えることときたら！　私は言葉もなかった。

「すると私の役回りは？」

と中尾は訊いた。

「十二時を回ったら、みんな静かにして、部屋の明りを消します。中尾さんのことはその前に、三沢さんが説明なさるはずです。――そこで、中尾さんが、居間の奥、テラス側に作った囲いの中へ入って、何かそれらしい言葉で幽霊を呼び出していただきたいのです」

私は気が気でなく、チラチラと中尾の方を盗み見た。この誇り高い男が、そんな道化役を引き受けるはずがない。

私は、彼が今にも激昂して怒鳴りちらすのではないかと待ち受けた。

だが、意外なことに、中尾はあっさりと、

「やりましょう」

と肯いたのだ。

「よかったわ！」

下村清美は嬉しそうに手を打った。

「――いいのかい？」

下村清美が出て行くと、私は言った。

「どうも心配だよ」

と、中尾は、自分のプライド以外のことを気にしている様子である。

「何を心配してるんだ？」

「巧く説明できないがね」

「君が巧く説明できないとは珍しいな」

「幽霊騒ぎが単なるカムフラージュだとしたら？」

「何だって？」

「つまり、結果としてどうなるか。部屋は暗くなり、僕は囲いの中に入っている。そこへ何か妙な音がしても、しばらくは誰もが趣向の一つだと考えるだろう」

「妙な音というと……」

「たとえば銃声のような、ね」

私は青くなった。

「おい、帰ろう！　君を死なせるわけにいかないよ」

中尾は笑って、

「落ち着けよ。僕を殺したって何の得がある？」

「それじゃ――」

「果して誰が殺されるか。――もしくは、全く誰も殺されないか。その辺は成り行きに任せる他はないな」

「そんなこと言って……」

「ただ、できることなら、僕はその瞬間には囲いの外にいて、居間の様子を見ていたいんだ、何が起るにせよ、君の目より僕の目の方が確かだからね」

「じゃ、どうするんだ？」

「簡単さ。僕の代りに、君が囲いの中に入ればいい」

中尾は平然と言った。

その小部屋を出て、廊下を居間の方へ戻ろうとした私たちは、激しい口論を耳にして立ち止った。

「もう我慢(がまん)できないぞ！」

若い男の声だった。廊下の曲り角の向うから聞こえて来る。

「お願い、佐山(さやま)さん――」

と、なだめる声は、間違いなく下村清美のものだった。

「いくら雇(やと)い主だからって、そんな勝手な話があるか！　あんなばばあ、殺してやる！」

「穏(おだ)やかでないね」

と私はそっと囁(ささや)いた。「覗(のぞ)いてみるかい？」

中尾が黙(だま)って首を横に振った。顔を出して口をつぐまれるより、ここで聞き耳を立てている方がいい。

「落ち着いて、佐山さん。あの人のことなら私が一番良く知ってるわ。悪気があるわけじゃないのよ」

「悪気があろうとなかろうと、勝手な振舞いは僕が許さない！」

「佐山さん！」

ドアが荒々しく音をたてて開くと、

「待って――」

下村清美も後を追ったらしい。ドアが閉まった。

「やれやれ、波乱含みだな」

と、中尾は言って、微笑んだ。

ドアを開けるとまたパーティの騒ぎが聞こえて来る。パーティの席へ戻ると、三沢しずえが急ぎ足でやって来た。

「まあ、どこにいらしたの？　心配しましたわ、お帰りになってしまったのかと思って」

「本物の幽霊に会うチャンスだというのに、帰る手はありませんよ」

と、中尾は言った。「そろそろ十二時ですが……」

「ええ。ちょっとこちらへいらして」

三沢しずえの後について行くと、テラスへ出るガラス戸の前に、よくオフィスの仕切りに使われている目の高さほどの衝立で囲った場所が作られていた。一方はガラス戸で、それに三つの衝立をコの字形に置いて、中に椅子が一つ置いてある。もちろん、せいぜい二メートル四方の狭い場所だ。

「衝立を動かさなくても、反対側のガラス戸を開いてテラスに出て、それからこっちの戸を開ければ中に入れますでしょ」

「なるほど。ここで幽霊を呼ぶわけですね」

と、中尾は肯いて、「ところで、実はこの手のことにかけてはこの谷川君の方が私より上手なのですよ」

と私の肩を叩いた。

「まあ、本当ですの？」

と、三沢しずえが目を見開いて私を見つめる。

「私の母は優秀な霊媒でしてね。私もその血を受け継いでいるのです」

こうなったらやけくそで、私は出まかせを言った。しかし、三沢しずえは大いに感銘を受けた様子で、

「すばらしいわ！　ぜひあなたにお願いします！」

と、見る目が変って来た。「皆さんにご紹介しなくては――」

私の手をつかんで、居間の中央まで引張って行き、

「皆さん！　お静かに！　お静かに願います！」

と大声で叫んだ。

音楽がやみ、話し声が、徐々にボリュームを絞るように消える。

三沢しずえが、私のことを「類まれな霊感人間」であると紹介するのを、顔から火が出そうな思いで聞きながら、早くも中尾が姿を消してしまったのに気付いていた。

おそらく、どこかに潜んでいるのだろう。

「——あと一分で十二時です」

と三沢しずえは言った。「今から明りを消します。皆さんはできるだけ物音をたてず、口をきくのもご遠慮願います！　こちらの谷川さんがあの囲まれた一角の中で、幽霊を呼び出して下さいます」

やれやれ。幽霊というやつは、何と言えば出て来るのだろう？　銀行の窓口みたいに、

「××さん」

と呼べば飛んで来るというのなら楽なのだが……。

「では準備を」

と言われて、仕方なく、私は好奇の目の中を、囲いの方へと向った。

さっきの通り、一旦、反対側のカーテンをからげて、ガラス戸を開けてテラスへ出る。そのとき、室内の明りが消えた。——早すぎるじゃないか、と思ったが、テラスは外の明りが多少当っているから、見えないこともない。

ガラス戸を開け、カーテンの端を押しやって囲いの中へ入り、手探りで椅子を見付けて、腰(こし)をおろした。

「あと十五秒です！」

と、衝立の向うから、三沢しずえの声が聞こえる。まるでロケット発射の秒読みである。

「十秒……五秒……三、二、一……」

時計が十二時を打った。しかし私はそれを最後まで数えることはできなかった。何かが頭を強打して、声を立てる間もなく、私は気を失って椅子から転げ落ちていたのである。

3

「――動機の問題じゃないかな」

はっきりと耳に飛び込んで来たのは、その言葉だった。

はて？　誰だろう？――聞き憶えのある声ではあるが、聞いて胸のときめく相手というわけではなさそうだ。

やっと視界がピントを合わせて来る。私はどうやら、どこかに横になっていて、二人の男が話しているのを見上げているらしかった。

男の一人は中尾で、もう一人は――何だ、と私は笑った。警視庁捜査一課の小室警部である。私たちとは何度も顔を合わせている。

ちょっと見には刑事らしからぬ、スマートな男なのだ。

「やあ、気が付いたな」

中尾が私の方へかがみ込んで、「どうだ、気分は？」

「うん、何とも――」

と起き上ろうとして、私は、激しい頭痛に呻き声を上げた。

「大丈夫か？　何しろでかいコブができてるからな」

「頭の中をハンドミキサーでかき回されてるみたいだよ……。ああ、何とか大丈夫らしい」

私はやっとの思いで、ソファに起き上った。

「すまなかった。こんなことになるとは思わなかったんだよ」

「どうなったんだ、一体？」

私はそう言ってから、ハッとした。捜査一課の小室が来ているということは……。

「誰が殺されたんだ?」

と私は訊いた。

「——三沢しずえだよ」

と、中尾が言った。

「何てことだ……」

私は思わずそう言った。大して意味のある言葉ではなかったのだが。

「で、犯人は?」

「あのとき、部屋にいた誰か、ということになるね。しかし、部屋は真暗だった」

「何が起ったのか教えてくれ」

「いいとも。もう立てるか?」

私は答える代りに立ち上った。少しめまいがしたが、大したことはなかった。

そのとき、私は、ここが、下村清美と話をした小部屋だと気付いた。

廊下を抜けて、居間へ出る。もうすっかり外は明るくなっていた。時計を見ると、八時半である。

私は、居間を見回した。昨夜のパーティの跡がそのままである。食べかけのサンドイッチやつまみの類が、何となく侘しい印象を与える。グラスが山と残されていた。

「参加者はどうしたんだい？」

「みんな身許はしっかりしてたからね、一応帰したんだよ」

私は、どこにも鑑識班の姿が見えないことに気付いた。いや、もうとっくに捜査を終えて引き上げて行ったのだろう。

しかし、床の上に描かれるはずの死体の位置を示す白墨で描かれた人の形は、どこにも見当らない。

「三沢しずえはどこで殺されたんだ？」

「あの中さ」

と、中尾は、昨日のままになっている、衝立の囲いを指した。

「まさか！」

「本当なんだよ」

私たちは、一旦テラスへ出て、囲いへ入るガラス戸を開けた。椅子が昨夜の通りに置かれていて――その背に、黒く、乾いた血がこびりついている。

「三沢しずえがここに？」

「そうなんだ。君は床に倒れていた」

私は狐につままれたような気分だった。中尾はテラスに出ると、朝の光のまぶしさに目を細めた。

「――君はどこまで憶えてるんだ?」

と、中尾は訊いた。

「三沢しずえが秒読みを終ると同時に殴られたんだよ」

「そうか。その後、しばらくは沈黙が続いた。そして――銃声がした。一瞬、みんな騒ぎ出したよ。どう考えたって、幽霊が拳銃(けんじゅう)を撃(う)つとは思えないものな」

「そりゃそうだね」

「『明りをつけろ!』と誰かが叫んだが、女性たちがキャーキャー悲鳴を上げ始めて、もう大混乱になってしまった。やっと明りがついて、僕はテラスへ飛び出した。そしてここの中を見ると、君が床にのびていて、三沢しずえが椅子に座っていたというわけさ」

私は、改めて、囲いの中の椅子を見直した。背もたれに、小さな穴が開いている。

「そう。弾痕(だんこん)だよ」

と、中尾は肯いた。

「すると、ここで三沢しずえは撃たれたんだね。しかし……」

どうにも分らなかった。私は途方にくれて、その狭い囲いの中を見回した。

「分るかね？　そこは二メートル四方しかない狭い場所だ。そこに、君と、三沢しずえ、それに犯人の三人がいたことになる。三人が立っていたというのならともかく、君は床に倒れていて、椅子が置いてある。そこへ犯人が侵入して、銃を撃つというのは、正に離れ技という他はないね」

「しかし、現に事件は起った」

「その通り。僕の目の前で、だ」

中尾はため息をついた。

「君は事件のとき、どこにいたんだい？」

「それを訊かれると辛いよ」

と中尾は苦い笑いを浮かべた。「僕はもともと、殺されるとすれば三沢しずえだと思っていた。何といっても、彼女は被害者の資格を備えている。幽霊屋敷がどうこうという話が、何の目的ででっち上げられたにせよ、三沢しずえが狙われている以上、彼女のそばについていればいい、と思ったんだ」

「君にしては珍しい正攻法じゃないか」

「それが裏目に出たというわけさ」

中尾は首を振った。

「僕は明りが消えるまでは、確かに三沢しずえのそばにいたんだ。彼女、白っぽい服を着ていたから、暗くなっても、何とか居場所は分る、と思った。ところが、明りが消えた後で、何人かが僕と三沢しずえの間を横切った。そして、僕はどうも他の女性を三沢しずえと思って見ていたらしいんだな」

「しかし、彼女は秒読みをしていたぜ」

「その通り。しかし、暗闇(くらやみ)の中じゃ、声がどこから聞こえて来るか、はっきりしないものだからね」

「分らないなあ。僕がこの囲いの中へ入ったときは、確かに三沢しずえは中にいなかった。それなのに……」

「妙な事件さ」

中尾は、いつもの、感情に溺(おぼ)れない、いささか素気ない口調で言った。「ともかく犯人を捕(とら)えないことにはね。失敗を取り戻すには少々遅すぎるかもしれないが」

そこへガラス戸が開いて、小室が顔を出した。

「下村清美と話をしますよ。立ち合いますか？」

「もちろんさ」

中尾は私を促して中へ入りながら、「しかし、痛い思いはしたかもしれないが、君は殴られていて良かったぜ」

「どうして？」

「そのコブがなきゃ、小室君は君を逮捕していただろうさ」

中尾はニヤリと笑った。

下村清美は、いつもと少しも変らない、冷静そのものの様子で、あの小部屋に端然と座っていた。ただ、目が、寝ていないので赤く充血しているのが、疲れているような印象を与えている。

「――傷はいかがですか」

下村清美は私の顔を見ると、言った。

「ええ、まあ何とか」

「申し訳ございません。こんなことになるとは思ってもいなかったものですから」

と頭を下げる。

「ところで、三沢さんのことですが」

と、小室が口を開く。「誰か恨んでいた人に心当りはありませんか」

「さあ……」

下村清美はしばらく考えていたが、「――どうお答えしていいのか、よく分りません。あの方は、大金持でしたから、人に恨まれることもなかったとは言えません。それに、ちょっと風変りなところもありましたから……。でも、具体的に誰かということになると、私には分りかねます」

私は中尾の顔を見た。中尾はさり気なく、

「佐山という人はどうです？」

と言った。

「え？」

下村清美は、息を呑んだ。小室はそのことを中尾から聞いていなかったらしい。

「誰です、それは？」

と、鋭い口調で言った。

「あ、あの――それは――」

下村清美は口ごもった。

「あなたの恋人、ですな？」

と中尾が言った。

「はい……。婚約者です。いえ、婚約者でした」

「その人がどう関係しているんです？」

小室の問いに、下村清美は答えなかった。中尾が、代って昨夜、廊下の角で聞いた話をくり返してやった。

「間違いありませんね」

小室は厳しい口調で、下村清美に問いかけた。いつもは女性に優しい男なのだが、捜査となれば話は別だ。

「はい……」

下村清美は目を伏せた。

「その佐山という人の言葉はどういう意味なんです?」

「大したことじゃありません。本当です。あの人はついカッとする性質なんです」

「しかし、『あんな婆あ殺してやる』というのは、穏やかでないですね。しかも現実にその当人が殺されているとなると……」

「あの人は殺したりしません!」

と下村清美は身を乗り出した。

「彼は何を怒っていたのですか?」

と中尾が訊いた。

「あの……私たち、三か月前に婚約したんです。そして私もこのお仕事を、辞めて結婚するつもりでしたので、三沢さんにそう申し上げたんです」

「反対されたんですか？」

「いいえ。それならまだ良かったんですけど……」

「というと？」

「三沢さんは、佐山さんに前科があるのを調べ出し、私の両親へ知らせたんです」

なるほど。それでは怒るのも無理はない。

「前科というのは？」

と、小室が訊いた。

「傷害です。酔って喧嘩したとき、相手の人が頭を打って、けがをしまして。――でも、ほんのはずみだったのです」

「それで彼は怒っていたんですね」

「はい。結局、私の親の猛反対で、婚約を解消しなくてはならなかったものですから」

「では当然、三沢さんを恨んでいましたね」

「はい……」

「あなたは？」

下村清美はちょっとためらって、

「──そのときはカッとなりました。でも、あの方としては、私のためを思って、よかれと思ってやられたことなんです。それに……どうにも憎めない方ですし」

中尾は少し間を置いて、

「──あの後、佐山君はどうしたんです?」

と訊いた。

「帰りました」

「確かですか?」

「はい。私が玄関まで送りましたから」

「また戻って来たかもしれませんね」

「いいえ! 私、ちゃんと鍵もかけ、チェーンもしておきましたもの」

下村清美は訴える(うった)ように言ったが、小室はまるで信じていない様子だった。

「ともかく、彼の話を聞く必要がありそうですな」

と立ち上って、

「彼の住いは?」

「あの……」

下村清美が言い渋っていると、ドアが開いて、刑事が顔を出した。

「警部。佐山という男が来ていますが」

「佐山？　こいつはいいタイミングだ」

「あの人が？」

下村清美が驚いて腰を浮かした。

「よし、居間に待たせておけ」

と小室が言った。

あまりに突然のことで、誰もが動けなかった。下村清美が、ドアの所に立っていた刑事をいきなり突き飛ばし、部屋を飛び出して行ったのだ。

「おい、待て！」

小室が我に返って追いかける。私と中尾も、遅れて小部屋を飛び出した。

「佐山さん！　逃げて！」

と、下村清美の声が聞こえる。

馬鹿な！　逃げ切れるものではないのに。ドアが音を立て、廊下へ飛び出したようだ。

小室が運悪く、玄関で足を滑らしてひっくり返った。

「おい、大丈夫か？」

「いてて……。畜生！　逃がさないぞ」

小室と私たちは廊下へ出た。足音がする。

「階段だ！」

私たちは階段へ向って走った。そのとき、

「キャッ！」

と短い叫び声があって、続いて、ダダッと階段を転げ落ちたらしい音がした。

急いで駆けつけてみると、階段の踊り場に、下村清美と、彼女より若く見える男が、折り重なるようにして、倒れていた。

「馬鹿な奴だ、全く」

小室は足早に階段を降りて行った。後から追って来た刑事へ、

「救急車だ！」

と怒鳴っておいて、倒れている二人の方へかがみ込む。

「――どうだね？」

と、中尾が訊いた。

しばらくして、小室が立ち上った。――難しい顔をしている。

「女の方は気を失っているだけです」

「佐山という男の方は？」

小室は首を振って、

「首の骨が折れてるらしい。死んでいます」

と言った。

私と中尾は思わず顔を見合わせた。

4

「一体何事だい？」

私はタクシーの中で言った。

「あの幽霊屋敷へ行くのさ」

と中尾は言って窓の外へ目を向けた。

「三沢しずえのマンションへ？　何しに？」

「忘れてしまっていたからね、肝心（かんじん）の幽霊のことを」

「しかし――」

と言いかけて、私は思い直し、黙って座席にもたれ込んだ。

佐山が死んで、事件は一応落着という感じになっていた。もちろん、どうやって三沢しずえを殺したかという謎は残っていたが、警察は探偵稼業と違って、犯人さえ分れば、他のことはあまり気にしない。

何しろ事件は毎日起っているのだ。いつまでも一つの事件にかかずらっているわけにはいかないのである。

「佐山が逃げたのが、警察では犯人の証拠とみている。しかし、殺人を犯していなくても、警察と見れば逃げ出したくなる奴はいるものさ」

中尾はそう言って、ニヤリと笑った。「僕もその一人だがね」

「旦那」

タクシーの運転手が、ちょっと不安げに言った。「あの……私は金持ってませんぜ」

マンションへ入ると、私たちはエレベーターで十一階に上った。

「——幽霊だの何だのといった騒ぎで、肝心のことが忘れられていたんだ」

エレベーターの中で、中尾が言った。

「肝心のこと?」

「三沢しずえが死んで、誰が得をするか、ということさ」

「誰なんだ？」

「三沢しずえには甥が一人いる。その甥が財産を継ぐことになる」

「警察でも調べたんだろう？」

「一応はね。しかし、佐山が犯人と決まってしまったから、通りいっぺんの捜査しかしていない。我々はのんびりと調べる時間があるからね」

十一階で降りて廊下に出る。歩いて行くと、中尾はあるドアの前で立ち止った。

「おい、そこじゃないよ」

と私は言った。「もう一つ隣じゃないか」

「分ってる。ここでいいんだよ」

表札は〈松井〉となっている。中尾がチャイムを鳴らした。しばらくしてドアが開くと、ちょっと肥満タイプの婦人がガウン姿で出て来た。

「どなた、一体？」

中尾は愛想よく微笑むと、

「これは失礼しました。部屋を間違えたようです」

呆気に取られている婦人を尻目に、私を促して歩き出す。

「何さ、迷惑ね！」

と、婦人が呟くのが聞こえて、ドアがガシャンと、閉められた。

「おいおい……」

私は足早に追いかけながら、「だから間違いだって――。おい、どこへ行くんだ！」

中尾は、当の三沢しずえの部屋を通り越して、次のドアへ行くと、またチャイムを鳴らした。今度の表札は〈小谷(こたに)〉となっている。

「――どなた？」

男の声がした。

「中尾という者です。あなたの叔母の三沢しずえさんの殺された件についてお話があります」

私は驚いて中尾の顔を見た。中から、押し殺したような声が、かすかに洩(も)れて来る。

中尾は私の耳へ口を寄せると、

「君はしつこくチャイムを鳴らし続けろ。ただし口をきくんじゃないぞ！」

と囁き、足音を殺して、隣の、つまり三沢しずえの部屋のドアへと急いだ。何が何やらよく分らなかったが、私はともかくチャイムを鳴らした。

「ちょっと待ってくれ！　ちょっと――」

男の声が奥の方から返って来た。

私はもう一度チャイムを鳴らした。

「風呂から出たところなんだ。待っててくれ!」

中尾は三沢しずえの部屋のドアを開けていた。鍵は警察からもらって来たのに違いない。ドアを開けて、中尾が中へ入って行く。

私は仕方なく、また〈小谷〉という部屋のチャイムを鳴らしてやった。今度は返事がない。

ちょっと迷ったが、好奇心を押え切れず、三沢しずえの部屋へと走り出していた。ドアを開けて中へ飛び込む。

玄関を上って、あの居間へ入ると、私は意外な場面に出くわした。

中尾と小室警部が、部屋の真中に立っていた。そして、今まさにテラスのガラス戸から入って来たという感じで立ちすくんでいるのは、下村清美だった。

「やあ、ご苦労、もういいよ」

と、中尾が私の顔を見て言った。「穴から狸をいぶり出すようなものでね、君がチャイムを鳴らしている間に、この女性はテラスを伝ってこの部屋へ逃げて来た。こっちはそれを知っていて、待ち構えていた、というわけだよ」

「しかし……隣の部屋は……」

「どちらかが、彼女の共犯者の部屋だと思ったんだよ。そうでなければ理屈に合わないからね」

「つまり、彼女が三沢しずえを殺したの？」

「実際に手を下したのは、甥の川口という男だと思うね。しかし、計画を立てたのは彼女だろう」

　下村清美は、疲れたようにガラス戸にもたれて立った。

「――私は川口に言われてやっただけです」

「その言い分は通用しないよ」

と、中尾は言った。「あの佐山君を、君は殺した。あの行動の大胆さを見れば、君が単なる従犯だとは思えない」

「佐山を殺したって？」

　私が目を丸くすると、

「そうさ。手をいきなりつかんで、『逃げるのよ！』と叫べば、誰だって、わけは分らなくても、これは何かよほどのことが起ったな、と思って一緒に走り出すだろう」

「つまり佐山は何も知らなかったのかい？」

「そうとも。彼女と一緒に階段の上まで逃げ、そこで彼女に突き落とされたのさ。何しろ弾みがついているし、そんな危険を考えてもいないからね。勢いよく転落して、死んでしまった。彼女の方は悲鳴だけ聞かせておいて、その上に倒れて見せただけだ」

「大胆だね」

中尾は小室を見て、

「隣の部屋は大丈夫か？」

と訊いた。

「廊下に刑事が待っています。出て来れば捕まえますよ」

下村清美は、ふっと短く声を立てて笑った。

「あの人にずっと仕えて来たのに……。あの気まぐれに付き合って……泣きたくなるのを我慢して付き合って来たのに……」

下村清美は、いつしか泣き出していた。

「さあ、ゆっくり話を聞くぞ」

小室が近寄って、彼女の腕を取った。

電気屋が壁の板をはがした。——小型のスピーカーが現れる。

「ここにスピーカーを仕掛けて……」

私はゆっくり肯いた。「すると、下村清美と佐山の対話は、ここから聞こえていたんだな？」

「その通り。僕らは、あの角の向うから、声だけを聞いていた。彼女は、佐山の怒る声を録音するために、わざと三沢しずえにひどい仕打ちをされたと話をして、彼の怒りっぷりを録音しておいた。そして、僕らが小部屋を出るのを待って、テープを回し、そのスピーカーから音を聞かせたわけだ」

「畜生！　気が付かなかったよ」

「気が付くべきだったんだ」

と中尾は言った。「あのやりとりの最後で、佐山はドアを開けて出て行った。しかし、ドアが開いていても、居間の音楽が洩れて来なかったんだよ。それは後になって気付いた。それで分ったんだよ」

「そうか……。しかし、彼女はどうやって……」

「つまりね、あの囲いの中の椅子は、被害者の位置を固定するという目的で据えられていたわけだ」

居間へ入って行くと、電気屋が、こっちでも壁をはがしていた。そこにもスピーカーが埋め込まれている。

「あのとき、秒読みをしたのは、このスピーカーなんだよ」

「やっぱり録音だったんだね？」

「そう。――下村清美が三沢しずえに吹き込ませたんだと思うな」

中尾は、テラスの前に、事件のときの通りにしつらえられた衝立の囲いの方へと歩いて行った。

「というと？」

「つまり、居間の中で秒読みの声がして、しばらくすると、今度は囲いの中に、いつの間にか三沢しずえがいるというわけだ。客を驚かすにはいい趣向だと話したんだね」

「すると、三沢しずえはその間、どこにいたんだ？」

「こっそりと廊下へ出て、隣の部屋へ行ったのさ」

「甥の部屋へ？」

「そうさ。テラスからこっちのテラスへと伝って来る。――こういう建物は、テラスが緊急時の避難路になっているからね」

「僕を殴ったのは？」

「下村清美だよ。別に君を殴るには囲いの中にいる必要はない。衝立はせいぜい目の高さしかないんだからね。暗いといっても、椅子の位置は固定してある。殴るのは難しくなかったろう」

「正に命中したよ！」

私はテラスへ出た。「すると、あの川口という甥がついて来たわけだね」

「叔母さん一人じゃ、テラスからテラスへ移るのは危い、と言ったんだろうね。ああ、つながっているといっても、仕切りはあるからね。手助けは、必要だったろう」

「で、こっちのテラスへ入って来る。そして？」

「後は簡単さ。ガラス戸を開け、三沢しずえを椅子に座らせ、椅子の背に拳銃を押し当てて、引金を引く」

「僕はどうなってるんだ？」

「君は椅子のわきに倒れたから、気が付かなかったんだと思うね。――銃声の後は、混乱になる。その間に、川口がテラス伝いに逃げるのは簡単さ」

私は頭の、やっと痛みの消えたコブのあとをさすりながら、

「しかし、それなら、最初から僕をあんな所へ座らせなくたっていいじゃないか」

と言った。

「君を座らせたのは僕だよ」

「ああ。しかし、君だって同じことだったろう」

「それはそうだ。下村清美としては、僕らが怒って帰ってしまうと思ったのさ」

「よく分らないな……」

「そもそも、最初の計画では下村清美は三沢しずえが気が狂ったことにするつもりだった。そのために、前から壁の中にスピーカーを埋め込み、妙な物音や声を聞かせていたんだ」

「じゃ、スピーカーは前からあったのかい?」

「ここを買ったのは一年前。どうせ買うときも、三沢しずえは、面倒なことは全部下村清美へ押し付けたに違いない。そのころ、川口と関係ができていた清美は、この部屋の内装工事のときに、スピーカーをセットさせたんだよ」

「つまり、三沢しずえがおかしいと思わせて、禁治産者になれば、財産が川口の手に入るということなんだな」

「その通り。ところが、三沢しずえは並の人間とはわけが違う」

「幽霊を怖がらない、ってわけだ」

「逆に面白がって、僕の所へ幽霊を呼び出してくれ、と頼みに来た」

「それで下村清美も、三沢しずえを殺そうと決心したわけだね」

「そうさ。ところが、そうなると僕らが邪魔になる。そこで、あんなに大勢の客を集め、僕に道化芝居(しばい)をやってくれと頼んだ。当然僕が怒って帰る、と思っていたんだ」

「僕もそう思ったよ」

「あれは、やりすぎだったね。彼女ほどの頭のいい女が、あんな馬鹿なことを言うはずがない。あれで、どこかおかしいと思ったんだ。だから逆に引き受けてやったんだよ」

「なるほど。で、彼女たちの計画が狂った……」

「容疑者として佐山という男を仕立てあげる計画だったから、佐山にはうまく言い寄って夢中にさせていた。そして、例のテープを僕らに聞かせる。そこも巧(うま)く行った」

「ただ、僕があの椅子に座ってるのが邪魔だった、ってわけか」

「その通り。殴られて損したね」

「殺されなかっただけましさ」

と私は苦笑いした。「しかし、よく甥のことが分ったね」

「いや、理屈からいって、テラスが続いている両側の部屋のどっちかに、犯人か共犯者がいると思ったんだ。そして三沢しずえの財産を継ぐのは川口という甥一人、と分ったとき、どっちかの部屋に甥がいるはずだと考えた」

「それが当ったってわけか。──どうして、別名で住んでたんだろう?」

「もちろん叔母は知らなかったんだよ。あの女性が近所付き合いなんかに精を出すと思うかい?」

「じゃ、下村清美が──」

「別名で隣に住わせていたんだよ」

「なるほどね」

私は居間の中を見回した。「やっぱり高級マンションに幽霊は似合わないのかね」

「どうだい? ここを買っちゃ。人が殺されたんだから、きっと安く買えるぞ」

「ごめんだね。僕は迷信深いんだ」

──そこへ、小室警部が入って来た。

「やあ、来てたんですか」

「どうしたね、二人は?」

「あの川口って甥の部屋から凶器(きょうき)も見つかりましたしね。簡単に吐(は)きましたよ」

「それはおめでとう」

「下村清美って女が、どうやら全部を指示してたんですな。女は怖い」

小室らしからぬセリフに、私と中尾はつい笑ってしまった。

「どうかしましたか?」

と小室が不思議そうな顔で訊く。

「いや、別に」

中尾は玄関の方へ歩きながら、「――女が怖いのは当然だよ。大体幽霊だって断然女の方が多いじゃないか」

と言った。

「そういえば、あの階段の、佐山が死んだあたりで、男の恨みのこもった声がするって噂ですよ」

と小室が言った。「管理人が、どうにかしてくれないと、住人が怖がっているというんで、あなたに相談しちゃどうかと言っときましたが」

私たちは顔を見合わせた。

「もうごめんですよ」

私は、頭の後ろをそっとなでながら、言った。

『汚れなき罪』

1

「死にたがってるね」

突然（とつぜん）、中尾旬一は言った。

六本木の、あるビルの地下に、ひっそりと人目につかない様子で造られている高級フランス料理店。

そのテーブルで鹿肉（しかにく）のステーキを味わいながら言うには、ちょっとふさわしくない言葉である。

「僕（ぼく）は別に死にたがっちゃいないぜ」

と、私は言った。「それとも何かい、鹿肉の中毒で死ぬってことでもあるの?」

「君のことを言ってるんじゃないよ」

と中尾旬一は笑った。

「じゃ何だ？」

「あの男さ」

と、目で示したのは——五十がらみの、パッとしない男で、一応背広は着ているものの、どうにも高級とは言いかねた。

もっとも私の背広だって高級品ではないが、しかし、まだましというものだ。

中尾旬一は四十代の初めで、私より多少年上。少々はげ上った頭と出っ張り気味の腹はいかにも中年だが、知的な眼差しと童顔が若々しく、そのアンバランスが、何ともいえない味を感じさせる。

中尾とて大金持というわけではないが、こういう店で食事をする程度には充分な遺産を親から遺されて、優雅な遊び人の生活を送っている。——仕事といっては、気が向いたときの探偵業だけ、ということだろうか。

それにまめに付き合っている私もかなりのヒマな人間である。

「——あの男か？　どうしてそう思うのさ」

と私は訊いた。「そんなに深刻な顔もしてないじゃないか」

中尾はニヤリと笑って、

「君は、自殺しようとする人間が、そんなに顔をひきつらせていると思ってるのかい？　覚悟を決めてしまえば、みんな平然としているものだよ」

「しかし、あの男がそうだと、どうして分るんだ？」

「注文の仕方だよ」

「注文？」

「さっきからずっと食べるのを見ていたが、明らかにどれも生れて初めて食べるものばかりだ。中にはほとんど手をつけてないものもあった」

「こういう店を知らないんだろう」

「だったら、少しは分るものを頼むんじゃないかね？――いや、あれはただの知ったかぶりではない」

「しかし――」

「ただ、注文した品に、共通点が一つだけある」

「何だい？」

「全部一番高い料理だってことさ」

と中尾は言った。「オードブル、スープ、魚、肉、サラダ――。どれも一番値段の高いものを選んでいる。ワインにしてもだ」

「妙な趣味だな」

「だから見たまえ、肉を持て余してフウフウ言ってるよ」

「なるほどね、そうらしい。――でも、どうしてあんなことをするんだろう?」

「よほど金をつかってしまいたいんじゃないかな。――でなければ……」

「何だい?」

「まあ見ていろよ」

中尾は食事を続けた。

こちらはデザートへ入る頃、かの男は、コーヒーを終っていた。ナプキンで口を拭ってウエイターを探す。

中尾が、

「ちょっと、君――」

と、声をかけた。

ウエイターがやって来ると、中尾は低い声で耳打ちした。

「かしこまりました」

とウエイターが一礼する。

中尾の顔はもう憶えられているらしかった。

あの〈即席美食家〉とでも言うべき男は、やっとウエイターの注意を引くことに成功した。ウエイターが来ると、

「お勘定のことだがね」

と言った。「実は全然持ち合わせがないんだよ」

私はびっくりした。ウエイターの答えにはもっとびっくりした。

「はい、お勘定はあちらの方が、お払い下さるとうかがっております」

当の男は呆気に取られていた。ウエイターが、

「もう一杯コーヒーはいかがでございますか？」

と訊いた。

我々がコーヒーを飲み始めると、その男は席を立って、やって来た。

「失礼します」

と、一応丁重に頭を下げ、「どうして余計なことをしてくれるんです？」

と苦情を言い出す。

「まあおかけなさい」

と、中尾は椅子をすすめた。「刑事がそんな真似をするのは、自殺にも等しい行為

ですぞ」

男は唖然として、

「私のことをご存知で?」

と言った。

「いいえ。しかし、見ていれば分ります。そのポケットのふくらみ具合や、靴の汚れ方、客が入って来たときの目の配り方などでね。ともかく、かけてお話を聞かせてくれませんか」

中尾の穏やかな言い方に、相手は毒気を抜かれた様子だった。

「私は中尾旬一といって、たまには警察の仕事も手伝うことのある人間です。これは同僚の谷川君」

「S署の水口といいます」

と男は頭を下げた。「いや、驚きました。――すると探偵というわけですか」

「そんなところです。コーヒーをもう一杯いかがですか」

「いや、もう結構です。私は大体和食の方が好きな人間でして……」

水口という刑事は苦笑しながら、言った。

「事情をお訊きしたいですね」

と中尾が言った。「もちろん、無理にとは言いませんが」

「お話ししますよ。食事代まで払っていただいたのですから」

水口は言った。「実は十日ほど前のことです——」


水口は、朽ちかけた建物の中へと足を踏み入れた。

こんな所に人間が住んでいるのだろうか、と思った。——地震でもくれば、マッチ箱のようにペシャンコになりそうなアパートである。

アパートのなれの果て、とでも言った方がいいかもしれない。ともかく、二階建ではあるが、ほとんど人の話し声や物音も聞こえて来ない。

水口はメモを見た。

「二階の——二〇一か」

階段がギシギシと音を立てる。気を付けないと踏み抜きそうだ。

二〇一号室のドアを叩くと、

「開いてるよ……」

と、かすれた声がした。

中へ入ると、ムッとするような、臭気とむし暑さに、水口は吐き気がした。

「水口さん……ですか」

「そうだ」

「どうぞ……」

　男は、布団から起き上ろうとして、咳込んだ。——カーテンを引いた部屋は薄暗く、およそ、健康な人間でも病気になってしまいそうだ。

「君が電話をくれたのか」

　と水口は、畳に腰をおろした。

「いえ……。こんな体じゃ、とても電話の所まで行けませんからね。知り合いが見舞に来てくれたので、ついでに……」

「君の名前は……古川だったな」

「古川拓夫といいます」

「それで話ってのは何だね？」

　水口は、一刻も早く、この部屋から出て行きたかった。

「私はもう長かねえんで……手っ取り早く申し上げます」

「ああ、そうしてくれ」

「人を殺したことを白状しておきたかったんで」

水口はさして驚かなかった。死に際に、よくそんな妄想を抱く男がいるものなのだ。

「誰を殺したというんだね」

「女です。――田村セツといいました」

田村セツ。水口は、その名に聞き憶えがあった。古川という男は続けて、

「もう十七年前になります。水口さんが担当なすったでしょう」

思い出した。田村セツという五十いくつかの、独り暮しの婦人が、めった切りにされて殺された事件だ。

「しかし、あれはもう犯人は捕まったよ」

と水口は言った。

田村セツの家に、しばらく厄介になっていた一家があった。父親は働きがなく、母親は病身で、確か四、五歳の娘が一人いたはずである。

セツは、全くの遠縁でしかないこの一家を引き取って、面倒をみていたが、その男――確か、そうだ、思い出して来た。小畑国男という名だ。妻と娘は思い出せない……。

小畑は、働きに出ても長く続かず、ブラブラしては、酔って妻に乱暴していたとい

「ほう」

う。そしてある日、田村セツが刃物でめった切りにされているのが発見されたのである。

小畑は前の夜、田村セツと激しく口論していたのを聞かれている。そして家を出たまま行方をくらましていた。

三日後、小畑は近くの町の居酒屋で暴れたところを取り押えられた。

当然、容疑は小畑に向けられた。小畑のシャツに、被害者と同じ型の血液がついていたのが、決定的であった。

小畑を追って、逮捕したのが水口である。小畑は、連日の取り調べで、セツ殺しを自白した。

多少の不安がないでもなかった。

しかし、その供述は曖昧で、現場の状況とも全く一致しないのだ。刑事に、

「そうだったんじゃないのか」

と言われると、

「はあ」

と肯くという具合で、水口はどうも気になっていた。

もう一つは、凶器が発見されていないことだった。おそらく凶器は出刃包丁か何かだと見られていたが、セツの家の近くを徹底的に捜索したにもかかわらず、ついに発

見されなかった。

小畑に問いかけても、

「忘れました」

と言うばかり。

おそらく、どこか川へでも捨てたのだろう、ということになった。

つまり、状況証拠と自白のみで起訴されたわけである。シャツの血痕も、あまりにわずかで、被害者のものと断定はできなかった。

だが、もうその時点で、事件は水口の手を離れたのである。

小畑は有罪となり、恩を受けていた婦人を惨殺し――金も奪われていた――逃亡したとのことで、死刑判決が出た。

小畑は控訴もしなかった。――小畑が処刑されたのを水口が知ったのは、確か四、五年前のことである。

水口の脳裏を、これだけの記憶が、一瞬の内に駆けめぐった。

「しかし――あれは小畑という男が捕まって、……」

「死刑になったそうですね」

古川は、弱々しい声で言った。「可哀そうに。――死刑といっても、その内恩赦か何かで、出て来られると思ってましたよ」

水口はじっと古川を見つめた。この男が犯人？　まさか！　そんなのはでたらめだ！

「死刑を執行（しっこう）するってときは、何日か前に新聞に出しゃいいんですよ」

と古川は言った。「もう時効になってりゃ真犯人が名乗り出るかもしれねえ」

「俺（おれ）に言っても仕方ないよ」

と水口は突っけんどんに言った。「本当はお前がやったというのか？」

「信じてませんね」

古川は引きつったような笑顔を見せた。

「もう済んだ事件だ。こいつは少し頭がおかしいだけだ、と思ってんですね」

「言葉だけではな」

「その押入（おしい）れを開けて下さい」

古川は震える指で、破れ放題の襖（ふすま）をさした。水口は、言われた通りにそれを開けてみた。

「そこに風呂敷（ふろしき）包みがあるでしょう」

なるほど、ガラクタに混って、古ぼけた風呂敷包みが出て来た。

「それを開けて下さい」

包みを出して来ると、水口は畳の上で開いてみた。——色の変った古いシャツ、ズボン、靴。シャツを広げて、水口は息を呑んだ。シャツの胸から腹にかけて、黒ずんだ色になって、こわばっている。これは血だろう。ズボンにも、かなりの血が飛んでいた。

「セツって女をやったときの服ですよ」

と、古川が言った。「その中の包みを開けて下さい」

もう一つ、布でくるんだ物が入っていた。——包丁だ。刃にも、柄にも、黒ずんだしみがある。

「そいつでやったんでさ」

と古川は言った。

「しかし——どうして田村セツを殺したんだ？」

水口の額には汗が浮かんでいた。この部屋の暑さのせいばかりではなかった。

「通りかかっただけで……」

古川は天井を見ながら言った。「たまたま家にゃあの女しかいなかった。私はろくろく食ってなくてね。——倒れそうだったんですよ。何でもいいから何か食わしてくれと頼みました。それをあの女は――水をぶっかけやがった。ひどい女ですよ」

古川はかすかに首を振った。

「あの小畑とかいう男の面倒をみてたって出ていたけど、怪しいもんだ。外と中でガラッと変る女だったんでしょう」

「それで殺したのか」

「カッとなってね。飛びかかろうとしました。すると女が包丁をつかんで振り回したんですよ。――こっちも夢中でね。奪い取ると、刺してました。何回も何回も……。後はもうやけですよ。家の中を捜して、金と、着替えを手に入れ、それだけの物を風呂敷にくるんで逃げ出したんです」

「どこへ行ったんだ?」

「トラックに乗っけてもらってね。そのまま名古屋へ。後は飯場暮しでさ」

「浮浪者だったのか」

「ええ。――後になって、あの事件のことを思い出しましたが、何しろ新聞なぞ見ねえから、他の奴が捕まったとは知りませんでしたよ」

「いつ知ったんだ?」

「奴が死刑になったという記事を見たんです。小さな記事だったが……。小畑って奴、別に否定もしなかったらしいですな」

「自白したんだ」

「可哀そうにね。――そのときになって、俺は初めて知ったんですよ。その前に分ってりゃ名乗り出たのに……」

水口は、じっと、やせこけた男の顔を見つめていた……。


「で、どうしたんです?」

と中尾が訊いた。

水口は、おしぼりで顔を拭った。

「もちろん、それで納得したわけじゃありません。家はどんな風だったか、とか、セツの服装(ふくそう)は、とか、犯人なら知っていそうなことを質問してやりました。答えをメモして、その証拠品と一緒に持ち帰ったんです」

「当時の調査と突き合わせてみたんですな」

「そうです。その古川という男の言葉は正確でした。もちろん細かいことは憶えていないが、当日の天気とか、前の道がぬかるんでいたとか……。服装の記憶などは完全に一致してはいませんでしたが、それはむしろ当り前です。十七年前のことですから」

「服や包丁は?」

「それはまだ私の家へ置いて、もう一度、古川に会ってみようと思ったんです。一昨日のことです。あのアパートを訪ねました」

「――それで?」

「古川はもう死んでいました。近所で葬式も出した後でしたよ。身寄りも何もなかったようですな」

中尾はじっと水口を見つめた。

「――で、あなたはどうしたんです?」

「どうもこうも……」

水口は手を広げて、「話からみても、あの品々からみても、古川が真犯人なのは、間違いないようです。――誤認逮捕、しかも死刑が執行されてしまったんですからね。どうしたものか、悩みました」

「あなたは良心的な方だ。――で、結局は?」

「上司へ相談しました。それしかないじゃありませんか。あの品物も見せ、詳しく話をしました」

「上司の方は何と？」

「誰にもしゃべるな、と言いました」

と、水口は苦々しい声で言った。「証拠品もその場で取り上げられてしまって、ともかく、その古川が仮に真犯人だとしても、死んでしまったのだし、放っておけと言うのです。しかし、私は納得できません。誤りは正すべきです。死んだ人間を生き返らせることはできなくとも、少なくとも、その妻や娘は、父親が殺人犯だったという重荷から逃れることができるでしょう」

「あなたはそうおっしゃったんですね、上司へ？」

「てんで相手にしてくれないのです。警察や裁判所の威信にかかわる、と言います。しかし、威信は、間違いを押し通すことでは得られません。素直に間違いを認めて正すことが本当の威信を高める方法だと思うのです。――笑われましたよ。何を青くさいことを言ってるんだ、って。そして、これを洩らしたらただじゃ済まない、と言い渡されたんです……」

「で、あなたはやけになったんですな」

「そうです。辞めるにしても、ただ辞めるのではおさまらない。人を傷つけたりするのはいやですから、一流料理店で無銭飲食でもして、それこそ警察の威信に傷をつけてやろうと……」

「それはむだですよ。傷つくのはあなただけだ」

中尾の言葉に、水口は肯いた。

「そうですね。あなたにお話ししている内に、気持が安まりました」

「その死刑になった男の妻と娘はどうしています？」

水口はハッとして、

「そうか！――気が付かなかった。早速調べてみます。上から何か言われるかもしれないが、構やしません」

「お待ちなさい」

と中尾は言った。「それは私どもがやりましょう」

水口は面食って中尾を見ていた。私はため息をついた。そういう役は私に回って来るに決っているのだ！

2

「失礼します」

私は、公団アパートのドアを開けて出て来た、若い女性に声をかけた。

「何でしょうか?」

「宮田邦子さんですね」

「はい」

なかなか美しい女性だった。二十一歳の若い新妻で、結婚して半年にしかならない。

「実はお父さんのことでお話がありまして」

「父の……? でも私の父はもう亡くなりましたが」

「小畑国男さんですね。田村セツ殺しの罪で死刑になった」

邦子はさっと青ざめて、左右の廊下を見回した。

「どうぞ中へ――」

とドアを開ける。

「――もう父のことは忘れました」

と、お茶を出してくれながら、邦子は言った。「夫も何も知りません。そっとしておいて下さい」

「お母さんはどうなさいました?」

「父の判決が出て、一年後に死にました。私は施設へ入れられ、それから養子としてある家にもらわれて行きました」

「そうでしたか」

「あなたはどういう……」

「いや、別に公の立場の者じゃないのです。実は、あの殺人事件で、真犯人が名乗り出て来たのですよ」

邦子は、じっと私の顔を見ていた。しばらくは、意味が分らない様子だった。

「というと……父ではなかったということですか」

「どうもそのようなのです。もっとも、その自白した当人も死んでしまいましてね。その間際に話したのですが」

邦子は立ち上ると、小ぎれいに片付けられた居間の中をウロウロと歩き回っていた。

切れ切れに、

「そんな……今ごろ……だって……」

といった言葉が口から洩れていた。

「そのときの担当刑事の一人の人が、その告白を聞きましてね。あなたに会いたいと言ってるんです」

邦子は、やっと少し落ち着いた様子で、椅子に戻(もど)った。

「わざわざ伝えていただいて恐縮です。——でも、もう父は戻って来ませんし、その方も亡くなったということですから、今さらお会いしても仕方ないでしょう」

「では……」

「ともかく、もう私は父のことは考えたくないんです。こんなことで、近所の評判にでもなれば、ここに居られなくなります」

「そうですか。では——」

「もう構わないで下さい」

と、出て行く私に、邦子は声をかけた。

私は、水口刑事に、彼女の話を伝えた。

「そうですか」

水口は複雑な表情で、「ホッとしたような、がっかりしたような、妙な気分ですね」

と呟いた。

しかし、ともかくこれで、この件も終ったかのように思えた。

「別に事件というほどの事件にもならなかったね」

中尾の部屋でそう言った私に、

「どうも気になるね」

と、中尾は言った。

「何が？」

「このままでは終らないような、そんな気がする」

「どうして？」

「気がするだけさ」

中尾の言い方は、いつもつかみどころがない。

ともかく、半月ほどは、何事もなく過ぎた。そしてある日、宮田邦子から、会いたいという手紙が来たのだ。

指定の喫茶店へ、私と中尾、それに水口刑事の三人が出向いて行った。

彼女は十分ほど遅れて現れた。

「どうしました？」

と私は訊いた。

中尾と水口を紹介したのも、彼女はほとんど気にとめず、

「これ見て下さい！」

と、テーブルに、折りたたんだ紙を出した。広げてみると、赤のマジックインキで、

〈殺人犯の娘は出て行け！〉と書いてあった。

「この間、玄関のドアに貼ってあったんです。朝、早く起きて見付けたので、破って、人目につかなかったけど、もし夫の目にでも触れたら――いいえ、夫ならともかく、近所の方々の目に触れたら、どうなります？　あなた方のせいですよ！」

邦子はきっと私をにらみつけた。私は困って中尾を見たが、中尾の方はそっぽを向いて、涼しい顔をしている。

全く、いつもこっちは損な役回りで、中尾は最後に格好よく解決してパッと目立つのだから！

「お嬢さん」

と、水口刑事が声をかけた。「あ――いや、奥さん、でしたね。私はあなたのお父さんの事件を担当した刑事です。――弁解のしようもありません。全く申し訳ない！」

邦子は水口を、何だか珍しい生物でも見るような目で見ていたが、

「そんな昔のことはどうでもいいんです」

と言った。「私は今の生活を守りたいんです。分りますか？――私の人生なんて、ろくなことがなかったんです。今、やっとこうして平和に暮してるのに……。それを

またあなた方のようなお節介な方がぶち壊そうとするなんて！」

「待って下さい、私たちは何も——」

と、私が言いかけるのを、無視して、彼女は立ち上った。

「これで失礼します！」

と言い捨てると、そのまま足早に店を出て行ってしまった。

「参ったね……」

と、私は言った。「僕は何もしゃべらない。本当だぜ」

「不思議だな」

中尾はあまり関心なさそうに言った。「しかし、もう昔のことは気にしていないようじゃないですか」

と水口へ話しかける。

「はあ……」

水口は沈んだ面持ちで、「却って辛いですよ、父親のことを思い出したくもないんでしょうが……。このままじゃ、やはり私の気持がおさまりません」

水口はすっかりしょげて帰って行った。

「——僕らには、どうしてあげることもできないね」

と私は言った。

「そうでもないさ」

中尾はのんびりと、「彼女を尾行してくれないか」

と言った。

「どうして？」

「何かありそうな気がするんだ」

「何か、って？」

「分らないが――彼女の反応がどうも気になる」

私は渋い顔で、

「少し君がやっちゃどうだい？　やせるかもしれないぜ」

と言ってやった。むろん、名探偵はそんな真似はしない。下請けに出すと決っているのである！

次の日から、私は宮田邦子の行動を監視し始めた。

とはいえ、平凡な家庭の主婦の行動範囲なんて限られたもので、近所のスーパーや、たまに駅前のデパートへ出かける以外は、ほとんど家からも出ない。

こんなに面白くない尾行も珍しかった。

四日目のことだ。——いつもと違って、十時頃には家事を済ませたらしい宮田邦子は、外出の仕度をして、家を出た。

「やれやれ、やっとお出かけか」

と私は呟いた。

邦子は、電車で新宿まで出ると、デパートでしばらく買物をし、中の食堂で昼食を取った。

見たところ、平凡なショッピングであるが、ただ、ちょっと妙だったのは、やけに時計を見て、時間を気にしていることであった。

そんなに急ぐという様子ではない。つまり、誰かと待ち合わせているのではないか、という印象であった。

どうやら珍しく(?)私のカンは当ったらしい。三時にもう少しという時間になると、邦子は足を早めてデパートを出た。

あれあれ、と思ったのは——邦子が、ピンクサロンだの、何とか喫茶だのという、私にはあまり縁のない(?)店が立ち並ぶ一角へと入って行ったからなのである。

こんな所に何の用だろう?——人が多いので、見失わないようにするのは苦労だったが、何とかついて行くと、彼女は〈二人だけの部屋で――〉などという宣伝文句のついた店へと、階段を降りて行った。

「どうなってるんだ?」

私は首をかしげた。こんな店に一人で入って行く――いや、中で待ち合せているのだろうか?

浮気。――そうか。きっと恋人がいるのだ。

私の中の、〈不幸な星の下に生れた娘〉というイメージは音を立てて崩れて行った。

「それでどうしたのかね?」

中尾は愉快そうに言った。「いや、ロマンチストたる君にはショックだったと思うが、そのまま帰って来たんじゃないだろうね?」

「薄情な奴だな! 人をからかうなよ」

と私は中尾をにらんでやった。

「まあ食べろよ。この魚は冷めるとまずい。――彼女はどれくらいそこにいた?」

私は肩をすくめて食事を続けながら、

「十分かそこらだろう」

と答えた。

「十分？　えらく短いね」

「まあ、そうだね」

「つまり、それは逢引き（あいびき）じゃなかったかもしれないぜ」

「じゃ、どうしてあんな店に入るんだ？」

「考えてみろよ。喫茶店だってどこだって、周囲には人の目があるんだ。二人だけで話のできる所といったら、そう沢山（たくさん）はないぜ」

「そうか……。しかし男と一緒（いっしょ）に出て来たんだよ」

「どんな男だった？」

「それがまたガッカリさ。――もう少し二枚目で、彼女がフラフラッとするのも仕方ないと思うような相手ならともかく、もう四十ぐらいの、やせた男でね。およそ魅力（みりょく）のないタイプなんだ」

「魅力のあるなしは人さまざまだ。どんな職業に見えた？」

「役者なんだよ」

「ほう」

中尾は私の顔を見て、「すると、その後、君は男の方を尾（つ）けたんだね？　やるじゃないか！」

「まずかったかね」

「いや、そんなことはないよ。役者か。――どこかの劇団の？」

「うん。聞いたこともない小さな劇団でね。男も、何とも見すぼらしい、スタイルをしてる。――あの分じゃ、彼女の方がいつも小遣(こづか)いをやってるんじゃないかな」

「なるほどね」

と中尾が肯く。

「何か考えてるのかい？」

「ちょっとね」

中尾はもったいぶって肯いた。――これだから名探偵はいやなのだ！

3

「あの……」

女の声に、水口は振り返った。

「何だよ？」

したたか酔った水口は、薄暗い小路のことでもあり、女の声は聞こえたが、姿はよく見えなかった。

「何だ？　どこだ？」

と覗き込む。

「水口さんですね」

「そうだよ……。何だ、あんたは」

「私、宮田邦子です」

暗がりから出て来たのは、正に、邦子であった。水口はあわてて、

「こ、こりゃどうも……」

とネクタイを締め直した。「先日はその……失礼を……」

と頭を下げたとたんによろけて倒れそうになる。

「大丈夫ですか？」

と、邦子が支えて立たせると、「少しどこかで休んだ方が……」

「いや、なに……平気です。これぐらいのアルコールでどうってことないです」

「でも、フラフラしていらっしゃるわ」

邦子は、水口をかかえるようにして、盛り場を出ると、深夜営業の喫茶店に入った。

おしぼりを三本取り替えて顔を拭くと、やっと水口も平常に戻って来た。

「いや、どうも——とんだところをお見せしてしまって」

「いいえ」

邦子は微笑んだ。「私のせいで——というか、父の事件のせいで、そんな風にお酒を飲んでらっしゃるんですか」

「いや、もともと好きなんですよ」

と水口は苦笑いした。

「申し訳ありません」

と、邦子は頭を下げた。

「とんでもない！　どうしてあなたが——」

「後でゆっくり考えてみました。別にあなたのせいで父は死刑になったわけじゃないし、それに、今になって、間違いを認めるなんて、とても勇気のいることだったと思ったんですの」

水口は頭をかいた。

「もう父は帰って来ません。あなたがいつまでも苦しんでおられては気の毒だと思って……」

「優しい人ですねえ、あなたは」

と水口は言った。

「――その、真犯人だったという人のことを聞かせていただけませんか」

「いいですとも」

水口は、古川の話を、できるだけ一言も洩らさずに話して聞かせた。邦子は、ゆっくり肯いて、

「分りますわ。母がよく言っていましたもの。あの田村セツという人……。外では仏で、中では鬼だと」

「そんなにひどいことを？」

「父がいつまでも仕事を持たなかったのも、実際には持てなかったということらしいんです。――何か仕事を見付けて来ると、あのセツという人は、その仕事先へ、この人は前に盗みをやったりした人だと電話をかけたらしいんです」

「電話を？」

「それじゃどこも使ってくれませんものね」

「なぜそんなことを？」

「私たち一家を常に自分の支配下におく、というか、いつも私たちに恩を売りたがっ

ていたのです」

「なるほど」

「だから、父も何度かあの家を出て、独立しようとしたらしいのですけど、その都度、セツさんから、『出るなら、これまでの食費や水道代を置いて行け』と言われるので、出るに出られなかったのです」

「ひどい話だ……」

「それに私は小さいし、母は病身で、父としても、仕事に出ている間は私たちを、あの人に任せないわけに行きません」

「それはそうですね。——分ります。そんな人間がいるものですよ」

と、水口は肯いた。

「母が死ぬ前に言っていました。『もし本当に父さんが殺したとしても、そりゃ当り前だよ』と……」

水口は、じっと邦子の哀しげな目を見ていた。——そういう真実は、裁判や、捜査の過程にはなかなか出て来ないものなのだ。

子供は正直、年寄りは善良と、裁判官も刑事も思い込んでいる。

現実に、そうでない人間がいくらもいるのに、いざ事件となると、つい図式を描いてしまうのである。

「全く、取り返しのつかないことでした」

と水口は言った。

「もういいんです。済んだことですもの」

と、邦子は言った。「――水口さん、どこかで飲みません？」

「え？」

「お酒です。私もこのところあんまり飲んでいないものですから」

水口は、邦子の屈託のない笑顔を見て、目をパチクリさせた。

水口は、割れるような重い頭をかかえて、ベッドで目を覚ました。

「ああ……畜生！」

と呻く。

ひどく飲んだもんだ。――それにしても、ここはどこだ？

俺の家にゃベッドなんて洒落たものはないはずだが……。

「何だ、えらく趣味の悪い部屋だな」

けばけばしい色の壁紙、やたらに大きなベッド……。

水口はギョッとしてベッドから飛び出した。——隣に、邦子が眠っていたのだ！

しかも邦子も——彼自身も、裸だった！

「何てことだ……」

二人で飲んだ。そして、一度飲んでいた水口の方は、もうすっかり何が何だか分らなくなって……。

水口はあわてて、床に散らばっている服を集めて身につけた。

「——水口さん」

声に振り向くと、邦子が、起き上って、毛布を胸に押し当てている。

「お、おはようございます」

水口は仕方なく言った。他にどう言えばいいのか分らない。

「ゆうべのこと、憶えてらっしゃらないんでしょう」

「そ、それが……はあ……」

「やっぱりね」

邦子はため息をついて、「私を無理にここへ引張り込んで、力ずくで……。あんな方とは思いませんでした」

見れば、彼女のブラウスが引き裂かれて落ちている。——俺があんなことを？

「どうも……申し訳も……」

「出て行って下さい！」

と邦子は叫んだ。「早く出て行って！」

水口は、すごすごと、ラブ・ホテルの部屋を出た。

ホテルの外で待っていると、三十分ほどして、邦子が出て来た。ブラウスの裂け目を何とか隠している。

「いや……何と申していいのか……」

「もう結構です」

と、邦子はタクシーを見て手を上げた。「いつもあんな風に、女の人に乱暴するんですか？」

「いや、そんな――」

「私が殺人犯の娘だからですか！」

と言い捨てて、邦子はタクシーへ乗り込んだ。

水口は、ぼんやりと、そのタクシーを見送っていた。

水口は、もう十回近くも、そのドアの前を行ったり来たりしていた。

あんまりウロウロしていても怪しまれる。刑事が怪しまれるのでは困るので、思い切って、チャイムを鳴らした。

「――どなた?」

少し間を置いて、返事がある。

「あの……水口です」

「何ですか?」

と、邦子の声が言った。

「あの……ええと、お詫びしたくて……あの……」

「もう結構です。帰って下さい」

「しかし……」

しばらく間があって、ドアが細く開いた。

「こんな所へ来られたら、迷惑するばかりじゃありませんか」

邦子が固い表情で言った。

「すみません。しかし、どうしても気が済まなくて――」

水口は言いかけて、言葉を切った。

邦子の顔が、少しはれ上って、目のふちは黒くあざになっている。

「ど、どうなさったんです?」

「女房が朝帰りしたら、夫に殴られるのは当り前でしょ。あなたのことは言っていませんからご心配なく」

「ぜひ私からご主人にお詫びを——」

「やめて! そんなこと、絶対にしないで下さい! ますます悪くなるだけだわ、分らないんですか?」

水口としては言葉もない。

「帰って下さい」

ドアはピシャリと閉じられた。

「そりゃまた大変でしたね」

と私は言った。

中尾は、黙って話を聞いていた。

「私はもうつくづく自分がいやになりましたよ」

と、水口は言った。「来月限りで辞職するつもりです」

「しかし、それは——」

「ともかく、警察の仕事そのものにもいや気がさして来ましたしね」

中尾が口を開いて、

「例の、包丁や服の証拠品はどうなりました?」

と訊いた。

「さあ。きっと倉庫の奥にでもしまい込まれていると思います」

水口は肩をすくめて、「上司も、最近は私のことをうるさそうに見ますしね、その内、どこかへ飛ばされるでしょう。——その前にやめますよ」

そう言って、肩を落としながら、帰って行った。

「彼女の方にだって愛人がいるってことを教えてやりゃよかったのに」

と私が言うと、

「そいつは感心しないね」

中尾は首を振る。

「どうして?」

「そんなことであの真面目刑事殿(どの)の良心は休まらないよ」

と中尾は言った。「きっと、また別の何かで……」

「何だって?」

「まあ見てろよ」

と中尾は言った。

4

水口は、邦子の後をついて歩いていた。

何という理由もない。——辞表を出して、休みを取ったものの、行く所もなく、やることもない。水口は独り者なのである。

またつい邦子のアパートの近くへ来て、急いで出かけて行く邦子を見かけたのである。

何となく、邦子の険しい表情が気になって、こうしてついて来たのだった。

新宿の、ごみごみした通りにある喫茶店に、彼女は入って行った。

ちょっとためらったが、そこは商売で、目立たないことには自信がある。少し間を置いて、その店に入る。

結構混み合っていて、ちょっと捜すのに手間取った。

一番奥の席に、邦子は座っていた。男と話している。水口は、その近くに席を取って、しかし顔はそっちを向かないようにした。

コーヒーを取って、本を開く。本の上に鏡をのせて、それに邦子を映してみた。

相手の男は四十がらみの、妙な身なりの男で、たぶん役者か何かだろう。ぞんざいな感じで、タバコをふかしていた。

邦子は何か男を責めているようだったが、男の方は素知らぬ顔で受け流している。

おや、と思った。——男の顔に、何となく見憶えがあった。

どこで見たのだろう？　手配写真とか、そんなものではなさそうだ。

水口はハッとした。

邦子がバッグから封筒を出して、男へ渡している。男はその中身を確かめていた。

金だ。

ゆすりか。

水口は息をついた。ああいう男は、一度でやめはしない。

一度払ったら、それが弱味になるのだ。

男は、邦子の言葉にいい加減に肯いて、さっさと店を出て行った。水口は、男の後を尾けようかと思ったが、邦子のことが気になって、動けなかった。

邦子は、何かを思いつめているような顔だった。じっと、テーブルを見ながら、考え込んでいる。

そして、思い切って立ち上ると、足早に店を出て行った。

水口は、少し間を置いて、彼女の後を尾けることにした。


劇団〈××〉という看板。名前は、やたら妙な字で、とても水口には読めなかった。古ぼけた家を改造したらしい稽古場から、トタン、バタンという音、大声で何かわめいているのが聞こえて来る。

ここにあの男がいるのだろう。

そして、邦子が出口から少し離れた電話ボックスの陰に立っている。もう夜、十時を回っていた。

邦子は三時間近くも、ここに立っているのだった。その邦子を、また少し離れて見ている水口は、こうした張込みは専門だから平気だが、慣れない人間には、三時間も立ちっ放しで見張るというのは大変な苦労に違いない。

それだけに、水口は、邦子のただならぬ様子が気になったのである。

どうやら、稽古は終ったらしい。戸が開いて、団員たちがゾロゾロと出て来た。

あの男はいない。——みんなが散ってしまって、静かになると、また戸が開いて、あの男が一人で出て来た。

戸を閉めて、鍵をかけている。そして、邦子のいる電話ボックスの方へ歩き出した。

水口は、邦子が何かをバッグから出すのを見た。銀色に、街灯の光を反射する。

――ナイフだ！

いけない！――水口は駆け出した。

邦子が男へ向って飛びかかる。男があわてて手をのばして防ごうとした。

「わっ！」

と男が腕を押えて呻いた。ナイフが腕をかすったのだ。

「やめろ！」

と水口は叫んだ。

邦子がナイフを振り上げた。その腕を、がっしりした手がつかんだ。

「いけませんよ、奥さん」

中尾が言った。

私は、男の腕にハンカチを巻いてやった。――全く、格好いい役は全部中尾のものなのだから！

「いや、間に合って良かった」

と、水口は息を弾ませている。「その男は、邦子さんをゆすってたんです」

「そのようですね」

と、中尾は肯いて、「水口さん、この男をご存知でしょう」

と言った。

「どこかで見たような気はするんですが、どうも……」

と言いかけ、地面に座って、青い顔をしているその男を眺めていた水口は、あっと声を上げた。

「お分りになったようですな」

「これは古川だ。——真犯人だと自白した男ですよ！　するとあれは……」

「全部、芝居だったのです」

と中尾が言った。「あの話は、何もかも邦子さんが考え出した筋書きだったのですよ」

水口は、唖然として、声も出ない様子だった。

「邦子さんは、お父さんが死刑にされたのは不当だと、いつも思い続けて来た。たとえ、本当に殺したにせよ、善良な老人を殺した極悪人と決めつけられたことが、たまらなかったのでしょう。いつか、この恨みを晴らそうと思っていた。そして、真犯人の死に際の告白というドラマを演出したわけです」

「ところが——」

と私が言った。「成功したものの、今度はこの役者に、金をゆすられるはめになってしまった、というわけか」

「そういうことだ」

中尾は男を見下ろすと、「さあ、とっとと消えろ！」

と厳しい声で言った。

男はあわてて逃げて行った。

「すると……」

水口がやっと声を出した。「あの包丁や服も？」

「全部私が用意したんです」

と、邦子が言った。「鑑識で調べれば、そんなに古いものじゃなくて、血も人間のじゃないことが分ったのに！　なまじ隠そうとするから分らなかったのよ！」

邦子はヒステリックに笑った。

「あのドアに貼ってあったという紙、この水口さんとの情事、ご亭主に殴られた傷全部、あなたの演出ですな」

「ええ」

「どうしてそんな！」

と、水口が叫んだ。

「あなたが苦しむことが分っていたからですよ」

と中尾が言った。

「しかし……」

邦子はじっと水口を見返した。

「——父は、状況証拠と、自白だけで有罪になったんです。あなたにそれを知っていただきたかった。——でも、やり始めたら、あなたを苦しめることが面白くなって来たんです。こっちの思い通りに」

私はカッとして、

「そのせいで、水口さんは辞表まで出したんですよ！」

と言った。

「父は死刑になったんです！」

と、邦子は言い返した。

そして、少し静かな声になって、

「私も結局、自分の罠に引っかかってしまいました」

と言った。「あの男に、夫へ事情をばらすとおどされて……。もう三回も、『これきりだから』と金を払いました」

「ああいう手合は、決してやめませんよ」

と中尾が言った。

「そうですね」

と邦子が肯く。

「しかし、このままだったら、あなたはあの男を殺していた」

「そう……」

邦子は、ふっと笑って、「やっぱり私は殺人犯の娘なのかもしれません」

と言った。そして、

「私を逮捕しないんですか?」

と訊いた。

中尾は水口を見た。

「私は辞表を出したんです」

と水口は言った。

「さ、もういらっしゃい。──あんな男とは関り合わないように」

邦子は、ゆっくり頭を下げて歩き出した。

私たちはそれを見送って、

「──やれやれ」

と息をついた。

「女は怖(こわ)いね」

と私が言うと、中尾はニヤリと笑った。

「君はそうか？　僕はちっとも怖くないがね」

水口が、じっと邦子の後姿を見ながら、

「いや……。彼女の身になれば当然です」

と言い出した。

「水口さん、腹が立たないんですか？」

「いいえ」

と首を振って、「考えて下さい。確かに、彼女の言う通り、彼女の父親は、状況証拠と自白だけで有罪になったんです。──あの男は偽者(にせもの)だったが、もし、本当にあいう男がいたら？」

水口は中尾と私を見て、

「ああいう男がいなかったとは、誰にも言えません！」

と言った。

そして水口は邦子の後を追って小走りに立ち去った。

「——物好きだね」

と私は言った。

「後を確かめて来いよ」

と中尾が言った。

私は、水口の後を追った。

水口が、邦子の数メートル後を歩いている。

——突然、横から車が飛び出した。

「危い！」

水口が叫んだ。

水口が邦子を抱きかかえるようにして地面に転った。

車はキーッとブレーキをきしませたが、またスピードを上げて行ってしまった。

私は胸を撫(な)でおろした。

「――大丈夫ですか」

水口が、邦子を助け起している。

「どうして……私を助けたんです?」

邦子は呟くように言った。

「危かったからですよ」

と言ってから、水口は、「いや、そりゃ当り前か」

と頭をかいた。

邦子は、じっと水口を見つめていたが、ゆっくり顔を伏せて、すすり泣いた。

「すみません……。あなたのようないい方を……」

「やめて下さい」

水口は困った顔で、「女性に泣かれるのが弱いんです。お願いしますよ」

と言った。

邦子は涙(なみだ)を拭うと、

「ええ、もう泣きません」

と言って、微笑んだ。

「よかった！　ともかく……家までお送りしますよ」

水口が、邦子の肩を抱いて、歩き出すのを、私は見送ってから中尾の方へ戻って行った。

「どうしたね？」

中尾が訊いた。

「二人して仲良く歩いて行ったよ」

と私が肯いて見せる。

「そうか。そいつは結構」

――歩きながら、私は訊いた。

「君は、分ってたのか？」

「いや、そうじゃない。しかし、怪しいなとは思っていた」

「なぜ？」

「包丁にしろ血のついた服にしろ、そんな物を取っておく犯人がいるか？」

「なるほどね」

「急いで処分するのが当然だよ」

「しかし、あの古川とかいう男――役者の本名は違うんだろうが――実際に葬式が出たんじゃないか」

「今にも死にそうな男を捜して、その名を借りたのさ」

「そうか、なるほど！」

「あの女性、しかし、大したもんだな。頭もいい」

「状況証拠か。——怖いもんだね」

「証拠というやつは、解釈しだいでどうにでもなる。最初からこれが犯人と思い込むと、その人間に不利なことしか目に付かないものさ」

「充分に気を付けないとね」

と私は肯いた。

「ところで、君のワイシャツの襟に口紅がついてるぜ。——その状況証拠の解釈は明らかだね」

と、中尾は言った。

本書は１９８２年11月双葉社より刊行されました。なお、本作品はフィクションであり実在の個人・団体などとは一切関係がありません。

徳間文庫

ミステリ博物館(はくぶつかん)

2017年9月15日 初刷

著者 赤川次郎(あかがわじろう)

発行者 平野健一

東京都港区芝大門二—二—二〒105—8055

発行所 株式会社徳間書店

電話 編集〇三(五四〇三)四三四九
販売〇四八(四五一)五九六〇

振替 〇〇一四〇—〇—四四三九二

印刷 製本 図書印刷株式会社

ISBN978-4-19-894253-3 (乱丁、落丁本はお取りかえいたします)